目次

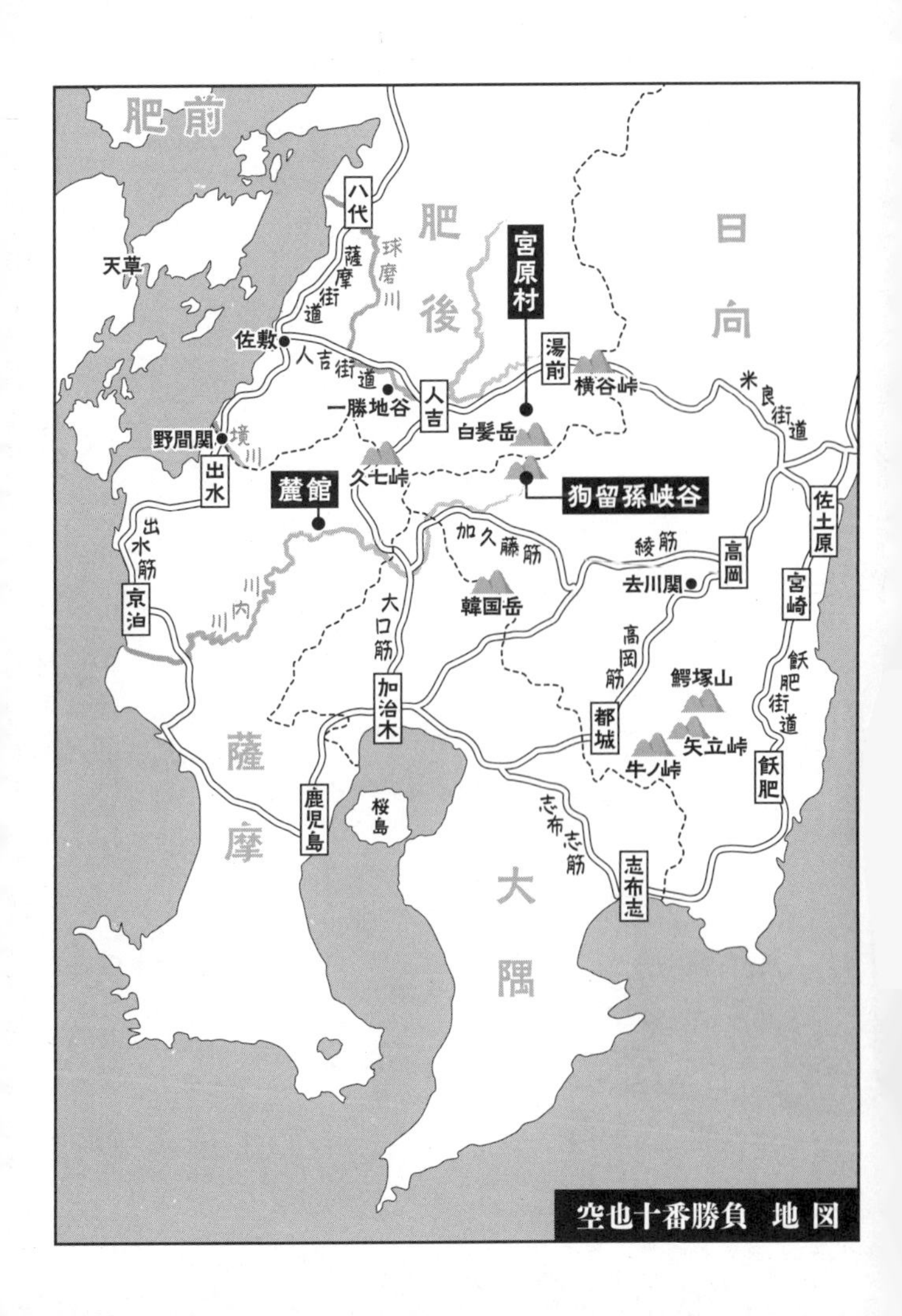
肥前
肥後
日向
薩摩
大隅
八代
天草
薩摩街道
球磨川
宮原村
佐敷
人吉街道
湯前
横谷峠
米良街道
一勝地谷
人吉
白髪岳
野間関
境川
出水
久七峠
麓館
狗留孫峡谷
出水筋
加久藤筋
綾筋
高岡
佐土原
去川関
宮崎
京泊
川内川
韓国岳
大口筋
高岡筋
鰐塚山
飫肥街道
加治木
都城
矢立峠
牛ノ峠
飫肥
鹿児島
桜島
志布志筋
志布志
空也十番勝負 地図

声なき蟬（上）

空也十番勝負（一）決定版

序　章

おこんは毎夜、夢を見るようになった。

朝になれば見た夢を忘れる。だが、日に日に夢と現(うつつ)の境がなくなっていくような気持ちになっていった。

寛政(かんせい)七年（一七九五）の夏、豊後関前(ぶんごせきまえ)から江戸に戻って以来のことだ。

その夜、二年前に亡くなった父金兵衛(きんべえ)が夢に現れた。夢の中では父親が生きているような気持ちで金兵衛と長々と話をしていた。

（お父っつぁん、どうしたの）

（どうもこうもあるものか。おめえら、豊後に孫をうっちゃって、江戸に帰ってきたんだってな）

だいぶ若い頃の声で金兵衛が娘に文句を言った。

（だって当人が決めたことよ）

娘は夢の中で抗弁した。

(わずか十六で武者修行ってか。一口に言うのは容易いがよ、てえへんなこったよ。見知らぬ土地でよ、独りで旅をするんだぞ)

(十六だろうとなんだろうと、いったん、武士が決めたことよ)

(おい、おこん、行った先が薩摩の国だぞ。この国の中でも異国みてえな土地だぞ。世間の噂じゃ、薩摩は他国者に手厳しいとよ。そんな土地によ、孫を独りでやったなんて、おめえら夫婦は、冷たかねえか)

金兵衛が店子に店賃を催促するような口調で言い放った。

(お父っつぁん、そう言わないで。私だって、私だって)

(おい、おこん、今更泣いたって遅いや)

(毎朝毎晩、陰膳を欠かしたことはないのよ)

おこんが言い訳した。

(当たり前だ、母親の務めだよ。おこん、どんなことがあっても欠かすんじゃねえぞ)

(ちょ、ちょっと待って、お父っつぁん。おっ母さんに会ったの)

死んだ金兵衛におこんが問うた。あの世で母親のおのぶに会ったのかと尋ねたのだ。

(おい、しっかりしねえか。おめえのおっ母さんは何十年も前に死んだんだぞ。あの世の人間にどうして会えるよ)

(お、お父っつぁん)

とおこんは言いかけて、

(そうか、お父っつぁんたらそそっかしいから、自分が死んだことを忘れているんだ)

と思った。

(いいか、おこん、陰膳を忘れるなよ。おれの孫がよ、元気に戻ってくるまで続けるんだぞ)

金兵衛の姿が不意に消えて、おこんは目を覚ました。

「なんてことなの」

かたわらの布団で夫の磐音(いわね)が寝息を立てていた。

おこんは冴え冴えとした目で布団の上に起き上がった。

そして仏間に入り、手を合わせた。

翌日のことだ。

かつて佐々木道場とも呼ばれた直心影流尚武館道場の一日が、いつものように始まった。

その十代目道場主は、五十歳になった坂崎磐音だ。

長い空白の歳月を経て神保小路に再興なった道場は、一段と幕府の御用道場の色彩を強めていた。朝稽古にも大名諸家の家臣、旗本御家人の子弟らが大勢集い、毎朝切磋琢磨する声が途絶えることなく続き、張りつめた緊張が道場内を支配していた。

その朝、坂崎磐音が指導を終えたのは、およそ四つ半（午前十一時）だった。見所には佐々木道場時代の先輩門弟や各大名家の重臣、剣術指南らが顔を揃えていた。

磐音は大半の顔を見知っていた。

だが、会釈や言葉を交わす中、一人だけ見知らぬ武家がいることに気付き、目礼した。

「噂には聞いていたが、なかなかの威勢にござるな」

磐音の挨拶に応じた武家が、在所訛りの言葉で応じた。

　磐音は訛りに西国筋、薩摩のお国訛りを感じて首肯した。

　白髪交じりの頭からして四十代後半か、五十を越えたばかりかと推量された。

　見所から見物の年寄り連がいなくなったあとも、その武家は立ち去る気配を見せなかった。

「屋敷に移られませぬか」

　磐音が初めての見物客に願った。

　相手は黙って頷き、立ち上がった。

　尚武館と同じ敷地内に坂崎家の屋敷があった。

　見知らぬ客を伴った磐音に、女房のおこんが目顔で、

（どなた様ですか）

　と尋ねた。

　磐音は、

「ちと話がある。茶はそのあとでよかろう」

　とおこんに告げた。

　磐音は初対面の武家を、ふだんは書き物などをする折りに使う座敷に伴い、対座した。

庭木の向こうから新たな稽古が始まった気配が伝わってきた。

尚武館の客分として、すでに十五年以上も道場を支えてきた小田平助と住み込み門弟衆が小梅村から出向いてきて、新入り門弟衆に尚武館道場名物、槍折れの稽古を教えているのだ。

「薩摩藩島津家のご家中とお見受けいたす。齊宣様、恙無く参勤道中にて江戸入りなされたと聞き及びました」

磐音は自らその話題に触れた。

「さすが早耳にござるな」

と応じた相手が、

「薩摩藩島津家江戸藩邸の用人、膳所五郎左衛門にござる」

と名乗った。

磐音は、背筋にぞくりとした憂慮を感じた。だが、顔にも態度にも見せることはなかった。

西国の雄、薩摩藩の重臣がただ朝稽古を見物するためだけに神保小路に足を運ぶはずもない。

訪いの理由があるとしたら一つしかなかった。

対座する膳所五郎左衛門も緊張していると、磐音は感じ取っていた。

「膳所様、この坂崎になんぞ伝えられたきことがござるか」

磐音の問いに膳所はしばし重い沈黙で答え、小さな吐息を洩(も)らした。

「坂崎磐音どの、そなた、わが殿に書状を遣わされたとか」

小さく首肯した磐音は、

「失礼の段、改めてお詫(わ)び申し上げます」

うむ、というふうに膳所が応(こた)えた。

「いささか遅うござった」

と相手が答えた。

「遅いとはどのような意でござろうか」

不安を隠し、磐音は問い返した。

「お手前の書状の願い、殿は速やかに動かれた」

相手の言葉を受け、磐音は黙したまま次の言葉を待った。

「薩摩は広うござる」

磐音は言い訳の言葉の先に恐怖を感じた。

それでも頷いた。

「この夏から秋、冬にかけて肥後(ひご)、日向(ひゅうが)とわが藩の国境にて騒ぎがござった。国境見廻り衆の『外城衆徒(とじょうしゅうと)』と旅の若い武芸者が闘争に及び申した」

磐音は両眼を瞑(つむ)った。

覚悟していたことだった。

両者は沈黙した。

膳所は両眼を見開き、磐音は閉じたままだ。

「武芸者の年格好、形(なり)はいかがでござるか」

磐音は両眼を開けて問うた。

「未だ二十歳(はたち)前と聞き及んでおる。背丈は六尺を超えていたそうな」

両者の間に再び沈黙があった。

「して、若い武芸者はいかが相成り申した」

「国許(くにもと)からの報告によれば、身罷(みまか)ったそうな」

両眼を見開いた磐音の五体が凍(い)てつき、固まった。だが、冷静な口調で質(ただ)した。

「たしかなことでござろうか」

「肥後、日向と薩摩の国境は警戒が厳しゅうござる。四百何十里も離れた江戸では察しがつくまい」

膳所の答えにしばし黙した磐音は、問いを重ねた。

「その者、薩摩国に足を踏み入れたのでござろうか」

「いや、それは国許から知らされてはおらぬ。じゃが、薩摩において無証文の者が領内で見つかった場合、その者を見逃した役人には、厳しい処罰が下される。ゆえに国境の取り調べは江戸では考えがつかぬほど厳しゅうなり申す」

膳所の言葉を磐音は吟味した。

「その者の亡骸（なきがら）はどうなり申した」

膳所は顔を横に振り、

「殿の命（めい）が国境に届いたのはその後のことにござった」

と磐音の問いを無視して膳所が答えた。

しばし沈思（ちんし）し、気持ちを鎮めた磐音が、

「ご面倒をおかけ申した」

磐音の言葉に膳所は首肯した。

だが、気の毒であったとは口にしなかった。

薩摩にとっても、手違いを起こせば幕府との対立を生む要因になる。

坂崎磐音は、江戸幕府の官営道場ともいわれる尚武館道場の主だった。薩摩と

て無視できなかった。

天明七年（一七八七）に薩摩藩八代目藩主島津重豪が隠居し、若い齊宣が藩主の座に就いたが、藩政を重豪が掌握、体よくいえば「院政」を敷いていた。

そんな中、天明八年（一七八八）に薩摩藩は金二十万両の上納と、禁裏・二条城普請を幕府より命じられていた。

十一代将軍徳川家斉の正室は薩摩の島津重豪の三女、茂姫（篤姫）だ。

幕府と事を構えるのは薩摩藩としても決して選びたくない途だろう。

「坂崎どの、わが意、ご理解いただけたか」

「相分かり申した」

と答えた磐音が、

「一つだけ」

と迷った末に続けた。

「一つだけ、なにを乞われるな」

「遺品がござれば、お返し願えないものかと」

その若い武芸者の持ち物には、家斉から拝領した備前長船派の修理亮盛光があった。

膳所五郎左衛門がこの日、最後の沈黙をしたのち、

「難しゅうござろう」

と応じた。

「分かり申した」

磐音の返答を確かめた膳所が静かに辞去の気配を見せ、

「痛わしゅうござった」

ようやく言葉を絞り出すと、その場から立ち去った。

磐音はその場に座し、同じ姿勢で膳所の報告を吟味していた。何度繰り返そうとしても言葉が頭の中で上滑りしていった。

時が止まっていた。

隣の座敷に人の気配がした。

「おまえ様、お客人は」

おこんの問いに、磐音はすぐに応えられなかったが、気持ちを落ち着かせて答えた。

「お帰りになった」

「どなた様にございましたか」

おこんの問いに訝しさが漂った。

「おこん」

磐音が改めて呼びかけた。

「薩摩藩島津家の御用人膳所五郎左衛門様であった」

「ああー」

おこんの口から小さな悲鳴が洩れ、磐音のいる座敷に膝行って姿を見せた。

「まさかわが子が」

おこんの口から弱々しい問いがかけられた。

磐音は答えなかった、答えられなかった。

長い沈黙のあと、

「すまぬ」

の一語が洩れた。

必死に耐えていたおこんの咽び泣く声が低く流れた。

磐音はおこんを泣くままにしておいた。

どれほどの時が過ぎたか、涙を拭いたおこんは仏間に入り、合掌して、

「南無大師遍照金剛」

を繰り返した。その声が磐音の耳を打った。

磐音は、おこんの古義真言宗のお題目を一身に受けながら耐えていた。

おこんのお題目は不意にやんだ。

「取り乱しました」

「覚悟していたとは申せ、それがしも動揺しておる。子の訃報を聞いて取り乱さぬ親がおろうか」

「わが子の死は真にございましょうか」

「薩摩がこの一件で虚言を弄することはない」

おこんの両眼にまた涙が溢れてきた。

「おこん、このこと、しばらく二人だけの秘密にしてくれぬか」

「なぜでございますな」

「妹の睦月を悲しませとうない。また門弟衆や今津屋どの、皆の衆を落胆させとうはない。いや、それがしもそなたもかように動揺しておるのだ。われらの胸の中で受け入れた折り、然るべきときに皆にお知らせいたそう。それではならぬか、おこん」

「弔いもしないのでございますか」

「おこん、弔いはすでになしておる。二人だけでな」

しばし磐音の言葉を胸の中に呑み込ませたおこんが頷いた。

磐音は刀架から備前包平を摑むと庭に下りた。

腰に手挟むと、瞑目した。

「琴平、慎之輔、舞どの、そなたらのもとへわが子が旅立った」

と今は亡き友に告げた磐音は、包平二尺七寸（八十二センチ）の大業物を抜くと、直心影流の極意、法定四本之形を一の太刀の八相から、一刀両断、右転左転、長短一味までをゆっくりと行った。

それはわが子への供養であった。

おこんは未だ仏壇の前にいた。

二人だけの弔いに近付く者はいなかった。

寛政七年師走、暮れも押し迫った日のことであった。

第一章　十六の夏よ

一

徳川幕府が開闢してまもなく二百年、三百諸侯の中でも九国の最南端に位置する鹿児島藩（薩摩藩）は、特異な大名であった。

地理的には東西を外海に囲まれ、南には深く切れ込んだ内海の錦江湾を持ち、北側を肥後国、日向国の険阻な山々に囲まれ、他藩と隔絶していた。

元和三年（一六一七）九月には、薩摩国三十一万四千八百五石余、大隅国十七万八百三十三石余、日向国諸県郡十一万九千九百六十七石余、合計六十万五千六百五石余の領地を幕府から安堵された。

慶長五年（一六〇〇）の関ヶ原の合戦の折り、西軍に与したことから、一時は、存続が危ぶまれた。だが、慶長七年（一六〇二）、家康の深慮と島津家の巧妙な外交力によって島津義弘の三男忠恒が徳川幕府の外様大名の一家に加わることになった。

その後、忠恒は家康の一字をもらって家久と改名し、幕府の承認のもと琉球王国を侵略、奄美大島を藩直轄に組み入れ、琉球を足がかりに中国との交易関係を保持してきた。

この結果、さらに寛永十一年（一六三四）八月には、判物で琉球高十二万三千七百石を加えて、七十二万八千七百石余の表高が固定し、幕末まで続いた。加賀国金沢藩に次いで石高の多い外様大名であった。

薩摩は江戸より四百十二里余、参勤交代では一月半から二月を要する遠隔辺境の地にあった。

二度の朝鮮出兵や関ヶ原の合戦をはじめとして幾多の戦場で見せた、老練にして勇猛な、

「鬼島津」

を家康も畏敬していた。

戦国時代、島津は九国占領を企てた。だが、豊臣秀吉が自ら九州に乗り込んで

二十余万もの大軍派遣によって、
「薩摩の夢」
は砕かれた。

だが、未だ薩摩は秘めたる力を持つ「大藩」であった。

九国の最南端に位置する一外様大名に対して、幕府が手を拱いている事実がそれを物語っていた。

この異端の大藩薩摩の北側に位置する肥後人吉藩相良家、さらにその東に位置する日向飫肥藩伊東家との間には険しい山々が横たわっていた。そのうえ薩摩は、在地支配を単位とする外城制度のもとに「鎖国の中の鎖国」がごとき、険しい関津策を続けて外からの侵入を拒んできた。

一方で奄美大島、琉球諸島を通じて南には門戸を広く開いていた。

「北への閉鎖性と南への開放性」

の二面性こそ薩摩を特異なる国にしていた。

琉球を通しての抜け荷交易は、薩摩藩島津家に七十二万八千七百石以上の実収をもたらしていた。

日向国飫肥藩と薩摩藩の国境付近、牛ノ峠に一人の若者が立ったのは、寛政七年の夏のことだった。

薩摩藩江戸藩邸の用人膳所五郎左衛門が尚武館に訪問するおよそ半年ほど前のことだ。

江戸時代初期には、飫肥藩と薩摩藩の国境は、鰐塚山から牛ノ峠へ連なる分水嶺と考えられてきた。

だが、寛永四年（一六二七）、飫肥藩二代藩主伊東祐慶の命により牛ノ峠の南東斜面で木材の伐採が行われたことがきっかけで、二国間に国境争いが発生した。

薩摩藩は、鰐塚山から板谷、槻之河内川、三角石を経て牛ノ峠に至る谷沿いを国境と主張した。

一方、飫肥藩は、鰐塚山から櫨ヶ峠、柳岳を経て牛ノ峠に至る尾根筋と主張し、両藩で検分したが決定には至らず、江戸幕府の判断に任された。

だが、公儀の判断に両藩のどちらかが反対し、国境は定まらなかった。

訴えが双方から幕府に幾たびも繰り返し出され、延宝三年（一六七五）十一月に幕府が飫肥藩側の主張を認める最終裁定をようやく下し、薩摩藩と飫肥藩の国境が決した。

国境の諍いの最中、薩摩藩家老比志島国隆が武力による威嚇を行ったことを幕府に咎められ、島津家では比志島を流罪とし、のちに切腹を命じている。

この国境の牛ノ峠に一人の若者が立ったとき、蟬の声が山並みを覆うように響いていた。

山全体が喚いているような蟬しぐれを若者はこれまでに知らなかった。蟬しぐれに囲まれて、峠に黙然と佇んでいた。

偶さか出会った茸採りの老杣人が若者に言葉をかけた。

土地の言葉ゆえ、若者にははっきりとは理解がつかなかったが、

「山女」

という長い髪の女妖怪が悪戯する土地ゆえ、里に下りよと命じているように思えた。

若者は、親切な老杣人に礼を述べたが、薩摩藩側へと下ろうとした。すると老杣人が一段と険しい声音と必死の形相で、

「薩摩に行けば、山女以上に恐ろしいものが待ち受けている。飫肥領内に戻れ」

と命じているようだ。

若者は、しばし考えた末にその忠告を聞き入れ、老杣人と一緒に飫肥領内へと

道を戻った。

その途次、証文なしでは薩摩領内には決して入国は許されぬと言い聞かせられた。その中で、老杣人がしばしば、

「とじょうしゅうと」

とか、

「やまんもん」

という言葉を恐怖とともに口にした。

若者が「とじょうしゅうと」には、

「外城衆徒」

という字があてられ、「やまんもん」は、

「山ん者」

と記され薩摩の国境を守る陰の者であることを承知したのは、後々のことだ。

老杣人から、「とじょうしゅうと」という言葉を初めて聞いたとき、若者は、

「山女」

の同類くらいにしか考えていなかった。

牛ノ峠に立ち、初めて薩摩藩側を見たとき、若者は延々と連なる緑の山並みの

下で蟬しぐれに混じって谷川のせせらぎが響く視界から、人や生き物ではない、「精霊」が支配する土地であることを悟っていた。

鹿児島への国境を越えるということは、薩摩の者の眼を盗むだけではない。精霊の許しも乞わねばならないと気付いていた。

老杣人は、陣之尾の郷の家に戻ると、若者を一夜泊めてくれた。

その晩、囲炉裏端で老杣人は、肥後への山道を詳しく教えてくれた。そして、決して薩摩藩に近付いてはならぬと何度も口を酸っぱくして諭した。だが、若者が理解できる言葉は半分もなかった。

翌早朝、若者は日向国から肥後国へ向かうと言い残して、老杣人と別れた。

だが、若者が向かったのは再び牛ノ峠だった。

（薩摩に下る意志）を捨ててはいなかったのだ。そして、薩摩に入るには、己の名も出自もすべてを捨ててかからねばならないと思った。

若者が口を利かぬ「行」を己に課したのはその時だった。

そして、決意を新たに夜明けの峠に立ったとき、若者は何者かに見張られていることを感じ取った。山女ではない危険な者たちだ。

　この日、蟬の声を聞くことはなかった。

　若者は日向の飫肥領内牛ノ峠から肥後人吉領内へと深い山並みを尾根伝いに歩き続けた。

　尾根道を行けば、東から昇るお天道様によって方角を知ることができた。

　若者は常に何者かに見張られながら尾根道を歩いていたが、長い国境にも必ずほころびがあると信じていた。

　滝があれば体の汗を拭いとり、岩場の上で木刀を振るって稽古をした。

　そんな日が何日も繰り返され、若者は飫肥領内にいるのか人吉領内に入ったのか、運よく薩摩領内へ入国しているのか判断がつかなくなった。

　食い物は一日一度、老杣人がくれた鹿の干し肉と乾燥無花果をゆっくりと嚙みながら嚥下し、力を蘇らせた。

　だが、その食い物も尽きていた。

　喉の渇きを覚え、水を求めて谷川に下ったとき、幼い鹿の骸を見つけた。

　猟師に矢で射られ、この谷川まで逃げてきたのか。

　若者は合掌して首筋に刺さっていた矢を抜くと、まだ温かい鹿の血抜きをした。

そして小柄を使って鹿の毛皮を剝ぎ、肉の塊をいくつか得た。

乾燥させて干し肉を造り、食料にしようと考えたのだ。残りはこの山々に棲む生き物の餌として残そうと考えた。

河原の岩場に平たく切った鹿肉を陰干しした。これだけの食い物があれば、五、六日は生きられると思った。

晩夏の陽射しが山の端にかかりそうになった。

今宵はこの岩場で野宿するかと覚悟を決めたとき、岩場へと生き物が駆け上がってきた。

山犬か狼らしい生き物が干し肉を咥えて、谷川沿いの岩場を飛び越えて対岸に移り、警戒の眼差しで若者を見ながら、干し肉にかぶりついた。よほど腹を空かせていたのだろう。

若者は、

(山にも同類がおるか)

と感心して見ていた。

たちまち干し肉を飲み込むと、またこちら岸に渡って二つ目の肉を奪おうとする気配を見せた。

若者は、

「強欲じゃぞ」

と狼と思しき生き物に話しかけた。

流れの中を軽々と飛んでいた狼が岩場の上で不意に立ち止まり、突然五体を震わせ、苦悶の形相を見せた。

（どうした）

若者が狼の異変に気付いたとき、狼の口から、
ぱあっ
と血と一緒に、嚥下した干し肉が吐き出された。

狼は岩場の上で必死に胃の腑の肉を吐き出そうとした。だが、悲鳴とも呻きともつかぬ声を残すと、そのまま流れに転がり落ちていった。

（なにが起こったのか）

若者は狼が血とまだ生の干し肉を吐き出した岩場に飛んだ。

血と干し肉から、若者が初めて嗅ぐ臭いがしてきた。

（鹿は毒矢で射られたか）

と思った。

だが、猟師が毒矢で鹿を射たとしても、人に害する肉ではなんの益にもなるまいと思った。

しばし沈思していた若者は、

（狼を殺すために毒を塗(と)した矢で鹿を射たのではない。毒を飲ませた鹿をさも猟師が矢で射殺したように見せかけて、己(おのれ)に食させて殺そうとしたのではないか）

と考えついた。

山女か、いや、薩摩藩の国境を守る「とじょうしゅうと」とやらの仕業か、と推測した。

若者は残った鹿の肉をすべて流れに放り込んで、他の生き物が食べぬようにした。狼が吐いた血と干し肉も谷川に流し、岩場を洗った。

その様子を見ている者がいた。

若者は、急ぎ仕度を終えると、谷川から尾根道へと駆け上がった。日没ぎりぎりのところで大きな岩がある尾根に出た。その岩場に寄り添うように猟師や杣人が使う山小屋があった。

人の気配があった。

板戸を押し開くと、三人の男女がいた。

囲炉裏に火が入り、自在鉤に鉄鍋がかかっていた。

若者は黙礼すると、仕草で、

「今宵一夜、屋根の下で過ごさせてほしい」

と願った。

若者が己に課した無言の「行」は、薩摩藩島津家領内での修行を終えるまで続く。その土地が肥後国内であれ、日向国内であれ「行」は続けると決意していた。

「あんたさん、こげんな山ん中でどげんしたと」

生きてきた歳月を面構えに感じさせる白衣の老人が訊いた。六十をいくつか前にした人物はそれなりの身分のように思えた。

若者は、手にしていた木刀を軽く振って、

「武者修行」

であることを伝えた。

「どこに行かすっとな」

二十代半ばの女が訊いた。

若者は、首を傾げて、

「この山小屋はどこか」

という仕草で尋ね返した。

「矢立峠たい」

若者には矢立峠がどこの領地か察しがつかなかった。

「飫肥の殿様のご領地ばい」

若者は、うんうんと頷いた。その表情に安堵が浮かんだ。未だ隣国には入っていないのだ。

一行の頭分の老人が囲炉裏端へ来いと請じた。

若者は一礼すると草鞋を脱ぎ、大小を腰から抜いた。木刀を手に板の間に上がると、若者の頭が屋根裏に付きそうになった。

「高すっぽたいね」

と女が洩らし、

「いくつな」

と訊いた。

若者は指で十六であることを告げた。

「ほう、十六で武者修行をしとるとね。今時珍しか」

と三人目の若い男が言った。腰に短い山刀を提げた若い男は二十歳前後と思えた。

老人の言葉よりも、若い二人の男女の言葉のほうが若者の耳にはよく聞き分けられた。老人は父親で、二人は姉と弟という。三人は飫肥生まれの母親を亡くし、遺髪を飫肥の実家の墓に納めに行った帰りだと姉から説明された。

若者は囲炉裏端に座し、母親の死を悼もうと深々とお辞儀をして、同時に山小屋に泊めてくれた厚意に感謝の意を伝えた。

「よかよか、旅は相身互いたい」

親父が言った。

煮炊きしていた鉄鍋が吹き出し、女が茸を最後に入れた。そして、山小屋にあった椀と竹の箸を四人前用意した。

鉄鍋の中はだご汁のようだった。

女は最初に装っただご汁を父親に渡した。二椀目は若者に渡された。

若者が驚きの表情を見せた。

「腹減っとらんとね」

首を横に振った。

「食いない」

と差し出された椀を若者は合掌して受け取った。

親父も若者も残り二人にだご汁が渡るのを見ていた。

四人に行き渡ったところで合掌した父親がまず箸をつけた。そして女と弟が椀を持ち上げた。

若者は三人が口を付けるのを待っていた。

脳裏には、狼が血反吐(ちへど)をまき散らして谷川の流れに落ちた光景が焼き付いていた。

「食べんとな」

姉が若者に質した。

若者は戸惑いながらも一礼してだご汁に箸をつけると、思わずにっこりと微笑(ほほえ)んだ。

「あんたさん、どこから来なさったと」

若者は首を傾げたが、黙したままだった。

「こん界隈(かいわい)の若者(にせ)じゃなかごたる」

父親が呟(つぶや)いた。

若者がうんうんと頷いた。

「どこへ行くとな」

弟が訊いた。

若者はしばらく考えたあと、椀と箸を膝前の床に置き、囲炉裏の灰に、

「さつま」

と書いた。

「薩摩に行くとな、いけんいけん。うっ殺されよるたい」

弟が言った。

若者はその言葉に頷き、

「分かっている」

と覚悟を示した。

三人の親子が黙って若者を見た。

若者も見返した。

「覚悟のまえたいね」

父親がそう呟いた。

若者は椀を持ち上げかけてその動作を止め、灰の上に書いたさつまを消して、

「とじょうしゅうと」

と書き直した。

三人の顔色が変わった。

「あんたさん、そん言葉、どげんして知ったと」

弟が訊いた。

分からない、というふうに若者は首を横に振った。

「外城衆徒は山ん者とも呼ばれてくさ、薩摩に入り込む者ならば、だいでも殺すとよ。江戸の密偵は惨い殺され方ばされると」

と姉が言い、弟が、

「あんたさん、お上の密偵な」

と質した。

若者は首を横に振って否定し、箸を取り上げて両手で握り上下に振って、先ほどと同じく剣術の真似をした。

「武者修行ち、言いなはるな。薩摩には、まして外城衆徒にはどげん理屈も通じんたい。命を捨てに行くようなもんばい」

弟が言い、父親がうんうんと同意の仕草をした。

(外城衆徒とは国境を警備する陰の者か、それも薩摩藩に入る者を取り締まる者

か）

と理解した若者は会釈すると椀を取り、だご汁を食し始めた。

二

翌朝、若者は三人の親子の厚意に一礼して、飫肥領内を肥後へと向かった。

肥後に戻るという三人には敢えて同行せず、独り先行して矢立峠の山小屋を出た。

それは若者を囲んで監視する者らの矛先が三人に及ばぬようにと考えてのことだ。

矢立峠を発った若者は一刻（二時間）ほど獣道のような尾根筋を歩いたあと、いったん尾根筋を離れ、あとから来るはずの親子三人を藪陰に身を潜めて待った。

一刻の差があったとしても、およそ一刻半（三時間）後には姿を見せてもよいと若者は考えた。

だが、飫肥領内の山道を承知という三人は、二刻（四時間）が過ぎても姿を見せなかった。

飫肥から肥後への山道は、囲炉裏の灰に父親が描いてくれた絵図で若者は承知していた。それでも姿を見せないのは、尾根筋を変えたか、それともなにか異変が生じたかだ。

若者は辿ってきた尾根筋を飛ぶように駆け戻った。

矢立峠の山小屋にあと四半刻（三十分）ほどで戻り着くと考えたとき、尾根道に、

「死」

の臭いを嗅いだ。

若者は杖代わりの木刀を握り直して進んだ。

尾根道に狼の姿があって、人の骸を食い荒らしていた。

（ああ）

若者は胸の中で悲鳴を上げた。

若者は木刀を翳すと、骸に食らいつく狼の群れに飛び込んでいった。

狼は突然の敵に餌を奪われると思ったか、若者に威嚇の構えを見せた。

若者は、監視の眼を意識しながらも、狼の群れから先陣を切って襲いくる二頭を叩きのめした。

一頭は尾根道から転がり落ちて谷底へと姿を消した。もう一頭は、背を打たれて悲鳴を上げながら仲間のところに戻った。

尾根道にはあの弟の骸が食い荒らされて残っていた。

(なんということか)

骸の胸には短矢が突き立っていた。

昨日、最初に鹿の首筋に刺さっていたのと同じ短矢だ。

狼が弟を襲ったのではないのだ。

女房であり母親である人の法要のため飫肥領内の故郷に出向いた父親と姉弟のうち、弟を矢で身動きがつかないようにして、狼に始末させた者がいた。

その者は何者か。

若者はまず尾根道で合掌して、胸の中で、

「南無大師遍照金剛」

お題目を唱(とな)えて冥福を祈った。

矢を抜くと、食い荒らされた弟の骸を尾根の岩と岩の間に引きずっていき、横たえた。そして、狼どもが骸を再び食い荒らさぬように小石を拾い集めて積み上げ、仮葬した。だがその前に遺髪を小柄で切り取り、血に汚れていない袖(そで)を引き破ると遺髪を包んだ。そして、弟が腰に差していた刃渡り六寸余の山刀を外した。

その上で父親と姉を探した。

尾根道の断崖（だんがい）ははるか彼方の谷底へと垂直に続いていて、そこに父親と思える骸がかすかに見えた。死んでいるのは若者にも分かった。

若者は再び手を合わせて冥福を祈った。

姉娘はどうしたか、尾根道を探し廻った。すると矢が突き刺さった姉の骸と竹籠（たけかご）が、岩場と山躑躅（やまつつじ）の藪陰に転がっていた。

若者は、矢傷以外なんの損傷もない骸に合掌し、腰に下げた竹筒に入れた水で姉の唇を濡らした。

そして弟と同じように遺髪を切り取り、櫛（くし）を外すと、辺りに転がっていた小石で棺のようなものを作って埋めたて、狼の貪欲な食欲からその骸を守った。

姉娘が背負った竹籠に荷が入っていた。衣類と食料、それに金子（きんす）と書き付けが遺されていて、その竹籠の中に二人の遺髪と櫛、矢と山刀も入れた。

若者がそれらの遺品を回収し終えたとき、もはや夏の日没が迫っていた。

若者は姉と弟、そして、千尋（せんじん）の谷底に転がる父親の冥福を祈って、その場で通夜をした。

その行動を見つめる眼があった。

薩摩の国境を警護するという外城衆徒の面々か。

三人を矢で射て身動きがつかぬようにして狼に襲わせたのは、その者たち以外にないと若者は思った。

それにしてもここは日向国飫肥領のはずだ。

(なぜ無辜(むこ)の親子を襲ったのか)

若者と矢立峠の山小屋で一夜過ごしたことが、三人を死に追いやったのだと思った。

静かなる怒りが若者の胸中を駆け巡った。

夏の弦月(げんげつ)の下、若者は山の寒さに耐えながら、お題目を胸の中で唱え続けて一夜を過ごした。

三人を殺害した者たちと狼の群れが遠くから若者の様子を窺(うかが)っていた。

夜明け前、若者は行動を開始した。

姉と弟を埋葬した場へ向かうと、両膝をついて合掌し、無言裡(り)に感謝と別れの言葉を告げた。そして、谷底の父親の骸に合掌すると、昨日歩いた尾根道を再び辿り始めた。

その様子を監視の眼が追ってきたが、若者は無視した。

（なぜ飫肥領内まで入り込んで、三人の命を奪う真似をしたのか）

若者との出会いが悲劇を生んでいた。

それにしても薩摩領内に入ろうとしている若者一人を排除するために、なぜ他国にまで足を伸ばし、かような残酷な真似をしたのか。

（己の行動が三人の命を奪ったのだ）

言い知れぬ後悔があった。

若者は未だ薩摩藩領内に足を踏み入れてもいないのだ。それを他国まで追いかけてきて、若者と接した三人の口を封じたのはなぜか。

若者の胸中には憤怒と疑問が渦巻いていた。

（もしこの惨状をなした者が薩摩の外城衆徒だとしたら、なにゆえか）

分からなかった。と同時に、

（許せぬ）

と思った。

山道を朝の光を浴びながら若者は一心に走った。

若者は、北を目指した。まずは薩摩藩と飫肥藩の国境付近からいったん遠ざかるためだ。姉娘が背に負っていた竹籠の食いものが若者の命を繋いだ。

数日後、若者の姿は日向国を北に向かう高岡筋にあった。筋とは薩摩で街道を意味した。

薩摩藩の鹿児島城下から領内各所に走る主要な筋は七つあった。

一　出水筋　鹿児島から市来湊、向田、阿久根、出水
二　大口筋　鹿児島から加治木、横川、大口
三　高岡筋　鹿児島から加治木、福山、高城、高岡
四　志布志筋　鹿児島から加治木、福山、岩川、末吉、志布志
五　加久藤筋　鹿児島から加治木、横川、加久藤
六　綾筋　鹿児島から加治木、大窪、荒河内、高原、綾
七　寺柱筋　鹿児島から加治木、通山、寺柱

この中でも最初の三筋が主要な街道、筋だった。三筋ともに隣国の肥後国と日向国に、藩名でいえば熊本藩と人吉藩と佐土原藩に向かって、薩摩藩の参勤交代

に使われた。

その三つ目の高岡筋から日向国に向かい、さらに二日後、薩摩と日向を結ぶ高岡筋と交差する米良街道の出発点佐土原に若者は出ていた。そこから妻万、米良を経て日向と肥後の国境横谷峠を越えて肥後に入った。

監視の眼はいつしか消えていた。

若者の目的は、外城衆徒に若者が薩摩藩入りを諦めたと思わせることだった。

それと同時に肥後人吉領内球磨郡宮原村に向かおうとしていた。

姉娘のおこうが遺していた書き付けには、

「肥後国球磨郡宮原村隠居　浄心寺新左衛門他二人こう、次郎助」

とあったからだ。

球磨郡宮原村を訪ねれば、分かると思った。

鰐塚山の矢立峠から十数日かかっていた。

なんとしても今年のうちに薩摩藩に入国しておきたかった。

薩摩藩の御家流儀東郷示現流を知るためだ。できることならば東郷示現流の指導を受けたいと思っていた。だが、薩摩藩に入国すること自体が予想以上に難しく危険だった。

若者がその意志を遂行しようとしたために三人の命が失われていた。

開削された灌漑用水が流れる球磨郡宮原村は白髪岳を南に仰ぎ、長閑な田圃が広がり、米が色付き始めていた。

水が豊かなのか、訪ねていった先は百太郎溝に接して、名主家に相応しく大きな長屋門の百姓家だった。苗字帯刀を許された家だと若者は思った。

突然訪ねてきた若者に応対したのは、矢立峠で死んだ三人とよく似た人物だった。特に亡くなった父親とよく似た風貌をしていた。

「あしが浄心寺帯刀です」

と挨拶した当主の視線が、若者が担いでいる赤い帯紐の竹籠に向けられた。

「どげんしたとやろか」

無言のままの若者をどう扱ってよいのか分からぬふうで顔を見た。

若者は口が利けないことを仕草で伝えた。そして、矢立峠の山小屋で三人と出会った経緯から死までを詳らかに記した書き付けを出し、

「読んでほしい」

と仕草で嘆願した。

帯刀は若者をしばし正視していたが、なにか異変が起こったことを察したよう

で、

「待ちない、皆ば呼ぶけん」

と願った。

若者は頷いた。すると男が広い土間の裏手を差して、

「流れがあるたい、足ば洗わんね」

と言った。

若者はよいのかといった仕草を示し、背に負った竹籠を下ろすと、台所の戸口の向こうにある竹林に向かった。

その背を見送った浄心寺帯刀が慌ただしく動き出した。

竹林の下を清水が流れる岸辺に、石で築かれた段々があった。洗濯など洗いものや野良作業のあと、水浴をするところか。

若者は段々に大小を抜いて置いた。

大刀は、備前長船派修理亮盛光だった。

武者修行に出て、未だ一度も抜き合わせたことはない。だが、こたびの決着をつけるために盛光を使うことは十分に考えられた。

無辜の人々を殺した始末は、若者がなすべき務めだった。

流れに足を浸して片肌脱ぎになり、汗を拭った。

人の気配がした。

「この季節たいね、大汗をかいたやろ。水浴びばせんね」

振り向くと、矢立峠の山小屋で会った姉娘こうとよく似た女が下駄と手拭い(てぬぐい)を手に立っていた。

「あしは帯刀の嫁女ですと」

若者は慌てて袖を通し、裸足(はだし)のまま一礼した。

女は若者をじいっと見ていたが、

「口が利けんとね」

と若者に質した。

若者は頷くと、耳は聞こえることを仕草で伝えた。

「お殿様の家来じゃなかごたる」

女が自問するように呟いた。

若者はただ頷いた。

手拭いで足を拭い、下駄を借り受けた。

最前の広土間に戻ると、七、八人の男衆(おとこし)が集まっていた。男たちの視線が大小を手にした若者に向けられていた。

若者は竹籠のかたわらに一つ空いた席に座を占めた。

「こん界隈の侍じゃなかろ」

男の中で独りだけ坊主頭が言った。

「あんたさん、人吉の相良の殿さんの家来な」

坊主が尋ねた。その手には若者が認めた書き付けがあった。

若者は首を横に振った。

「あしはくさ、宮原村の坊主たいね、名は日円寺の向居結雁たい。ちゅうてだいもそうは呼ばん、日円寺のけち雁と呼びよる」

と笑った和尚が、

「この文ば書いたんはあんたさんな」

との問いに若者が頷いた。

「よか、愚僧が披いて読むたい、だいも文句はなかかな」

一座の男衆が頷いた。

結雁は若者が書いた書き付けを披いて、

「ほう、字は身分も本性も表すもんたいね。正直な侍ごたる」

と若者を見た。

「日向の矢立峠の山小屋で、隠居の新左衛門さん方とこん侍は出会うたそうげな」

と言いながら黙読していた結雁が、

「ああ、新左衛門さん、おこうさん、次郎助も狼に襲われて死んだ」

「ああー」

隣座敷に控えていた女衆から悲鳴が上がった。

ちらりと女衆の動揺に視線をやった結雁に浄心寺帯刀が抗った。

「親父も次郎助も山は慣れとる。狼に食い殺されることはなか」

無言で書き付けの先を読んでいた結雁和尚が、

「いや、待ちない、帯刀どん」

と制し、若者が認めた詳細な文を手際よくまとめて、

「三人をうっ殺したんは、薩摩藩の外城衆徒たい」

と説明した。

その言葉を聞いた若者は、持参した二本の短矢を竹籠から取り出すと、皆に見せた。

「間違いなか。こん矢で射られたならたい、薩摩藩の外城衆徒どもの仕業たいね」

　と帯刀が言った。

　肥後国側でも薩摩の外城衆徒は知られた集団のようだった。

「和尚、なして親父どんが外城衆徒にうっ殺されねばならんね」

「待ちない、帯刀どん。こん若衆の推量ばってん、そんことを認めてあるたい」

　目の前の若者と一夜山小屋でともに過ごしたことが三人の仇になったと皆に話した。

　重い沈黙が一座を支配した。

「あんたさん、どこから来たとな」

　帯刀が若者に尋ねた。

「帯刀どん、こん若衆、己のことはなんも書いてなか。薩摩に剣術修行に行こうとして外城衆徒どもに目を付けられたごたる」

「こん若衆と親父どんが一夜過ごしたせいで、惨か目に遭うたと言いなはるな」

「こん若衆に隠居らが、知恵を付けたと考えたらどげんな」

　結雁和尚が帯刀に言った。

若者は、

（己の行動が三人の死）

を招いたことを詫びようと、その場に平伏して額を畳に付けた。

「若衆、あんたさんのせいではなか。薩摩藩の国境を守る外城衆徒どもはくさ、薩摩の上士でも、外城衆中でもなかたい。薩摩はな、よそん国と違うて、身分の差があってん、四人に一人が士分たい。ばってん山ん者の外城衆徒は、違うと。あんたさんがこん文に推量ば書きなさったとおりたい。薩摩の国境だけで陰の者として生きられると。書状なしに薩摩に出入りする者は始末する許しを得とるとよ。そいがあやつらの正体たいね」

「和尚、矢立峠は薩摩藩領じゃなか。飫肥領ばい。どげんしてそげん惨かことが許されるとな」

当主浄心寺帯刀が憤激の様子で言った。

「帯刀どん、こん若衆の書き付けの最後にくさ、約定が認めてあるとよ」

「約定て、なんな」

「新左衛門さん方を無法にも始末した外城衆徒どもは必ず成敗する、と書いてあるたい」

「相手は薩摩藩ばい。独りで立ち向かう相手じゃなかろうが」

当家の当主に若者は視線を向けて、大きく頷いた。

「あんたさん、薩摩に未だ入る気な」

若者は何度か頷いてみせた。その顔（かんばせ）には、決意が漲（みなぎ）っていた。

「死にに行くのと同じたい。親父らに殉（じゅん）ずることはなか」

若者は首を横に振った。

座に沈黙が漂い、全員の視線が若者に集まった。

「あんたさん、いくつな」

若者は十六であることを手で一座に示した。

長い沈黙があった。

「異風者（いひゅもん）ばい」

この界隈では権力に佞（おもね）ることなく筋を通す硬骨者（こうこつもの）、武辺の士を異風者と呼んだ。

「ふうっ」

と一座に息が吐かれ、

「帯刀どん、矢立峠に骸を回収しに行くのは別にして、今宵親父さん方の通夜ばせななるまいが」

と和尚が言い出した。

三

宮原村の名主浄心寺帯刀は若者に対して、納屋の二階に一部屋を用意するゆえ、通夜と弔いの間だけでも滞在するよう願った。

若者は、その申し出に素直に従った。

骸のない通夜だ。

若者が矢立峠から竹籠に入れて運んできた遺髪と櫛、元々竹籠に入っていた遺品を、「骸」代わりにしての通夜となった。

若者は、矢立峠の山小屋で一夜ともに過ごした姉と弟の義姉ゆうの勧めで何十日ぶりかの湯に浸かり、用意された着替えを借りてさっぱりとした。

湯上がりの若者を見たゆうが、

「お侍さんは十六ち言いなさったが、真たいね。湯上がりの顔は十六の顔で間違いなか。そん歳で武者修行ばしなさるとな、格別な事情があるとやろかね。女子には分からんもん」

若者に話しかけた。

若者は首を傾げて黙っていた。

「人にはだいも事情があるたい。薩摩には行かんほうがよか。死にに行くと同じばい。舅様や義妹や義弟を見れば分かろうもん」

ゆうの言葉に若者はこっくりと頷いた。こうとゆうの顔立ちが似ているのは、従姉妹だからだと、ゆうから説明を受けて若者は知っていた。

仇を討つ気持ちを繰り返し伝えることもなかった。己自身に課せられた務めだと思った。一夜の親切が仇になり、三人は命を落としたのだ。

「それでも薩摩に入りたかとね」

しばし黙考した若者が頷いた。

ゆうはしばし自分の義弟より若い侍の顔を見ていたが、

「当分うちにおらんね。そん間、考えればよかろ」

と言った。

通夜は村の衆が全員集まり、結雁和尚の読経で厳かに執り行われた。読経が済んで法話になったとき、

「もう事情は皆知っとろうもん。亡くなったおよしさんの実家の飫肥に遺髪を埋

葬に行った隠居の新左衛門さん、おこうさん、次郎助さんがこげんかたちで家に戻っちくるなんて、だいも考えもせんかった。この若いお侍さんがおられんかったら、道中うっ死んだ事情も知らず、山ん中で行方知れずで終わりたいね。若いお侍さんが持ってきた短矢は、猟師の使うもんと違うもん。薩摩の国境を支配する外城衆徒が使う殺し矢たい。こいでだいが三人ば殺したか、はっきりしとる。骸を取り返しに行きたたか、こちらも命がけになろうたい。あしはしばらく間をおいて、骸を連れ戻しに行くのがよかと思うと、名主さん、どげんな」

浄心寺帯刀が一同を代表するように、

「和尚、悔しかが、そいでよかろ。こん名も知らんお侍さんが親切にもくさ、運んできなさった遺品が、親父どんとおこう、次郎助の骸代わりたいね」

と賛意を示した。

若者は通夜の席に加わりながらただ合掌し、「南無大師遍照金剛」と胸の中で唱え続けていた。

「そいにしてもたい、こん若衆、どこから来たとやろか」

結雁和尚が言い出したのは、通夜の席に焼酎が出て一回りしたときだ。

若者も焼酎を勧められたが、若者は頭を下げて丁重に断った。

焼酎を勧めたのは村一番の酒飲みのようだった。

「おゆうさん、十六ならもう一人前たい。口も利けんでくさ、薩摩に武者修行なんち、恐ろしかことを考えとる異風者たいね。立派な大人と違うね」

「いや、伴作(ばんさく)さん、いけん。こん人の顔ば見んね。薩摩藩に書き付けなしで入り込む者(もん)は、だいでも外城衆徒が殺すちゅうことをくさ、親父様方の骸を見て分かっとらすたい。そいどん、どぎゃんしたってんこん人は、薩摩に入ることを諦めておらんと」

ゆうの言葉に一座が驚きの言葉をがやがやと発した。だが、若者にはほとんどなにが話されているか分からなかった。

「おゆうさん、江戸の密偵と違うね」

焼酎で口が軽くなった男が言った。杣人のように足腰のしっかりとした男だった。

「薩摩の国境が険しいとはくさ、公儀に知られとうなか秘密があるけんや。一国一城の命に反して、薩摩は百以上もの外城を今も持ってくさ、麓(ふもと)と言い換えとると。それればかりやなかもん。琉球を隠れ蓑(かくれみの)に抜け荷もしとるし、石高以上の実入りもある。そんことを江戸に知られとうのうて、国境を厳しゅうしとる」

「そんせいで隠居さん方が殺されたとばい」

「うんにゃあ、矢立峠は飫肥領ばい」

「そげん理屈は外城衆徒には通じんと」

ああ、と座のひとりが悲鳴を上げて若者を見た。

「この若衆、やっぱり江戸の密偵と違うとな」

酔いが回った伴作が繰り返した。

全員が若者を見た。

密偵などでは決してない、ただ薩摩の剣術が見たいだけだ、習いたいだけだと思った。だが、その思いが三人の尊い命を失わせる結果になったのだ。

「密偵がどげん格好をしとるか、わしゃ、知らんたい。ちゅうてん、十六の密偵がおると思うな」

結雁が一座に質した。

しばし若者を見ていただれもが首を横に振った。

「このお侍さんは口も利けんと、剣術修行がしたいだけで薩摩に入ろうとしている、その考えを信じると」

ゆうが一座の考えを纏(まと)めるように言い切った。

「疲れたやろ、納屋にな、床を敷いてあると」

とゆうが若者を案内して休むように言った。

若者が泊まることになった納屋は広々として土間には相撲(すもう)の土俵があった。

この土地は相撲が盛んなのか、土俵は使い込まれた跡があった。だが、浄心寺家はただ今喪(も)に服していた。ゆえに土俵は当分使われないのであろうと、若者は勝手に考えた。

ゆうは、農繁期に臨時雇いの男衆が泊まる場が納屋だと説明した。

今は若者だけが使うのだ。行灯(あんどん)に照らされた部屋の片隅に古びた文机(ふづくえ)があって、硯(すずり)、墨、筆、水差しに紙が置かれてあった。

若者は、あれは己のためのものかとゆうに訊いた。

「そげんこったい。なんでも用があるときはくさ、紙に書きない」

若者はしばし考えて、

「こちらは人吉藩領内ですか」

と書いて尋ねた。

「そげんたい、相良の殿様のご領地たいね」

そのことは若者も承知していた。

人吉藩は肥後の外様小名十二代相良長寛の治世下にあった。

ゆうは、舅や義妹や義弟の最後の夜のことを詳しく聞きたいと思った。そう話しかけると、若者が文机の前に座し、墨をゆったりと磨った。

「舅はくさ、人吉藩の殿様下相良家と同族、上相良氏の末裔ちゅうとが自慢たい、あんたと過ごした夜に舅が自慢せんかったね」

寂しげな笑顔で若者に質した。

若者が筆をとり、紙に認め始めた。

ゆうは、十六歳の若武者の筆遣いと文章に驚きを隠せなかった。きちんとした育ちをした武士の家系だと悟った。筆跡を見たゆうは、義父や義妹と義弟の死を告げにきた若者のすべてを信じようと思った。

一方、若者は、一夜で理解しえた話のすべてを記し、最後に囲炉裏端で馳走になったただご汁を四人で食した光景を描いてみせた。

若者がその紙片をゆうに渡すと、ゆうは何度も若者に礼を述べた。

礼を述べ、詫びるのはこちらのほうだと若者は思った。

新左衛門ら三人は、若者と出会わなければ、山小屋に泊める親切をしなければ、無事に故郷球磨郡宮原村に戻っていたはずなのだ。

通夜の翌朝、未明に起きた若者は納屋の二階座敷から下りて神棚と土俵に一礼し、

「稽古場として使わせてほしい」

と無言裡に願った。

晩夏の朝はまだ薄暗かった。

通夜が行われた母屋は静かだった。昨晩、焼酎をぐいぐい飲みながら話された肥後言葉を若者はほとんど理解できなかった。だが、若者が伝えようとした言葉を疑う者はだれ一人いなかった。

若者は、大刀と脇差を腰に差し落とすと、瞑想し、気を鎮めた。

偶然にも浄心寺帯刀が納屋の神棚の榊を替えようとして、悲報を伝えた若者が瞑想する場に入ってきた。

土俵の外の三和土に両眼を見開いた若武者が立った。

若者は、静かに大刀を抜くと、父から伝授された直心影流法定四本之形の奥義の一本目の形、八相からゆったりとした独り遣いの剣捌きを始めた。

帯刀は、仰天した。

武士ではないが、苗字帯刀を許された上相良の家系だ。その武芸者がどれほどの力量かの判断くらいは察しがついた。

ゆるゆるとした動きと剣捌きに寸毫の緩みもなかった。

神秘的な刀遣いに身震いが走った。

二本目の一刀両断、三本目の右転左転、止めの長短一味まで、

「悠久の時の流れ」

があった。

動きを止めた若者が刀を鞘に納め、神棚と土俵に向かって一礼した。

「魂消たと」

思わず帯刀は若者に話しかけていた。

若者が振り返った。

顔には清々しい汗と穏やかな笑みがあった。

（親父や妹や弟は、こん若衆に救われた）

と帯刀は思った。

一礼した若者が仕草でしばらく待てと言い、二階の部屋に姿を消した。

帯刀はその間に神棚の榊と水を替えた。

若者が木刀と筆記用具を手に再び姿を見せた。

「なにか願いごとな」

帯刀の言葉に若者は、この場を稽古場に使ったことを詫びる仕草をした。

「いや、びっくりしたと。あんたさんがくさ、十六と言いなはるからくさ、ただの剣術自慢やろかと、考えとったと。違うたね。あんたさんは、宮本武蔵の生まれ変わりごたる、ほんまもんの剣術家たい。あしは最前あんたさんの剣遣いを見てくさ、分かったと。あんたさんの並外れた腕前を見せてもろうたとき、震えがきたと」

と帯刀が正直な気持ちを告げた。

若者はただ笑みを返した。

「本気で薩摩に入りたいとやね」

頷いた若者が土俵の砂に、

「東郷示現流」

と書いて帯刀に示し、すぐにその文字を消した。

「東郷重位どんの創始した示現流に関心があるとな」

帯刀の言葉に若者が真剣な顔で頷いた。

「ふーむ」

と唸った帯刀が、

「ただ薩摩に入るとやなか、門外不出の御家流儀を習いたかと」

と尋ねると、若者が大きく頷いた。

土俵の片隅にある見所に帯刀がどさりと腰を下ろした。

「えらいことを考えたもんやね」

と呟いて帯刀は沈思した。

「よか。あしも手助けできんかどうか考えようたい」

帯刀の言葉に頭を下げた若者が、筆を手に紙にさらさらと文字を認めた。そこには、

「もし父御、妹様、弟様の身罷られた峠道に参られるときは、それがしが案内いたします」

とあった。

「ありがたか」

と感謝の言葉を叫んだ帯刀が、

「あんたさんの名を聞いてん、教えてくれんやろね」

と言った。

若者は困った顔をした。

「よかよか、名無しでよかたい。お互い心は通じとるものね」

と言った帯刀が、

「よかね、あしの言葉をよう聞いてくれんね。薩摩の国境に棲む外城衆徒は、人間じゃなか。情も義も礼も智も通じんたい。ただ薩摩に他国者を入れんためには、くさ、どげんこつでもするとよ。名無しどん、あんたさんは衆徒に知られとる。今すぐに国境に戻っても、衆徒らの網に掛かりに行くようなもんたい。どげんもこげんもならんたい」

帯刀はしばし言葉を切った。

「名無しどん、しばし間をおきない。衆徒らが名無しどんのことを忘れる間がいろうたい」

と言った。

「間ですか」

名無しと呼ばれるようになった若者が紙に書いて尋ねた。

「そう、三月はかかろうたい」

名無しは黙考した。

「うちにおってんよか」

帯刀の誘いに名無しは答えなかった。その代わり筆を走らせた。

「いつ、矢立峠に参られますか」

と念押しした。

「そやな、今戻れば外城衆徒が待ち受けとるたい、間違いなか。わしらも殺されるたい。おたがい三月後にどうね」

名無しが頷いた。

「国境は狐狸妖怪と外城衆徒どもの棲むところたい。衆徒が飫肥領内でんあれ、人吉領内でんあれ、狼藉働いてん。薩摩は七十二万石たい。一方、飫肥は五万一千石、人吉は二万二千石たいね。比べようもない大国が薩摩藩たい」

飫肥と人吉が束になっても外城衆徒の所業を止められぬのは、背後に薩摩藩が控えているからだと帯刀は言っていた。

「三月後、必ず案内方を務めます」

名無しの若者は浄心寺帯刀に約定した。

「この土俵をくさ、勝手気ままに使いない。三月くらいすぐに経とうもん」

名無しがその厚意を受けると、帯刀が見所から立ち上がり、

「弔いに行かれるね」

そう問うと、名無しが頷いた。

そして、帯刀が納屋から出て行くと、名無しは木刀を手に裸足で土俵に入った。

土俵の俵の内側を足裏に馴染(なじ)ませるように何周もすり足で歩き、足裏に土俵の砂が馴染んだところで、木刀を構えた。

無音の気合いが納屋の気を震わせた。

名無しは土俵の内側に沿って走り出し、勢いがついたところで、いったん腰を沈め、低い姿勢から足を伸ばす勢いを利して土俵の真ん中に向かって跳躍した。

構えられた木刀が虚空を割った。

見ている者がいたら、跳躍力と木刀の振り下ろしの迅速な動きに驚いたであろう。だが、浄心寺家は弔いの仕度に忙しく、納屋で稽古をする名無しの若者に注意を向ける者はいなかった。

着地した名無しはさらに土俵の内側を走り出した。

円は限界がない。無限だった。

直心影流の奥義は、

「円連（えんれん）」

にあった。

名無しはその奥義から示唆された円運動を土俵を見て思いつき、際限なくその動きを繰り返し、跳躍と振り下ろしを加えた。その動きが百に達したとき、名無しは、土俵の回り方を左回りから右回りに変えた。

四

小川に沿った野良道を白い弔いの行列が行く。

死人は、浄心寺新左衛門と娘のこうと末子の次郎助だ。

とはいえ、三つの棺に骸が入っているわけではない。それぞれの棺には、屋敷に残されていた遺品の着物や、旅の若い武芸者が悲劇の地から運んできた遺髪や櫛などの持ち物が入っているだけだ。

骸が棺に入っていないのは、骸が飫肥領内の鰐塚山の険しい尾根道に残されているからだ。そして、そこには薩摩の国境を守る外城衆徒たちの監視の眼があると考えられた。

ゆえに、直ちに骸の回収に向かうのは危険と判断された。

白い打掛(うちかけ)を着た喪主は当然、浄心寺家の当主帯刀だ。そして、身内とともに白衣を被(かぶ)った名無しの若者がいた。

この界隈の名主だけに、村人たちがほぼ参列していた。

名無しは白衣の下にいつもの旅の衣裳を着て大小を差していた。ゆえに、白衣に隠れて大小が差し落とされていることは窺えなかった。そして主(おも)だった弔いの参列者は真新しい草履(ぞうり)を履いていた。

名無しは弔いの行列の中で一段と群を抜いて背が高く、頭一つが突き出ていた。

名無しもまた新しい草履を履かされていた。

そのかたわらには、洟(はな)を垂らした六つか七つほどの男の子が従い、なぜか手に若者の履き慣れた草鞋を手にしていた。

名無しばかりではない。

ゆったりとした歩みの葬列の一人ひとりにそれぞれ村の子供が、古びた履物を手に従っていた。

なぜなのか、ゆうは若者に説明しなかった。

弔いの仕来りは、年寄りの指図に従うしかない。

ゆうにしても、なぜ新しい草履で墓地に向かうかなど謂れを知らなかったのかもしれない。あるいは弔いの行列が出立することでみなは慌ただしく、説明する余裕がなかったのかもしれない。

帯刀と向居結雁和尚の前には、青竹の先に白く長い布が風になびいて、晩夏の陽射しを受けていた。

結雁和尚は、時折り思い出したように読経をして、弔いの人々が和した。

若者は、胸の中でただ一つ知る高野山の内八葉外八葉の姥捨の郷で覚えたお題目、

「南無大師遍照金剛」

を唱えて、わずか一夜かぎりの縁であった三人の面影を思い出していた。そして、三人が非業の死を遂げたのは、己が薩摩入りをしようとしていたことに絡んでいると改めて悟っていた。

だが、いくら薩摩が西国の雄藩とはいえ、なぜ国境を厳しく閉ざすのか、理解が今一つつかずにいた。

もし若者の行動が国境を守る外城衆徒にとって許されざることならば、若者を

襲えばよいことだ。

なぜ薩摩藩のことをよく知らない旅の武芸者と一期一会（いちごいちえ）の縁を結んだ三人を無残にも毒矢で射殺し、狼にその骸を始末させようとしたのか。

若者に思い当たるのは、三人の死は、若者への、

「警告」

であるということだ。

それにしてもあまりにも残酷非道な所業であった。

若者は、三人の死の背景には己に絡んだなにか知らない事情があるのだと思った。

はっきりしていることは、若者が薩摩入りを諦めないかぎり、外城衆徒一党が必ずや若者の前に姿を現すであろうということだ。そして、新たな犠牲者が出るかもしれなかった。

若者は外城衆徒と出会うことを待望していた。

一夜の親切をなしたにすぎない新左衛門らに無残な仕打ちをした外城衆徒の所業を見逃すわけにはいかなかった。

「仇（かたき）を討つ」

若い旅の武芸者の胸中にこの思いが芽生え、一歩歩みを進めるごとに膨らみ、今や確固たる考えとしてあった。

そして、帯刀が今朝方若者に説(と)いてくれた、

「親父をうっ殺した外城衆徒を油断させるために間を置く」

ことを考えていた。

三月、どう過ごすか。

帯刀もゆうも、人吉領内球磨郡宮原村で過ごせと若者に言ってくれた。

だが、肥後、日向、薩摩の国境で暗躍する無法の集団は、早晩若者のことを嗅ぎ付けるに違いない。

この浄心寺家に、人吉藩の相良家となんらかの縁(えにし)があるという一族にこれ以上の迷惑はかけられないと思った。

弔いの列は晩夏の陽射しに照らし付けられながら小川沿いの道から土橋を渡り、稲刈りを迎えるばかりに黄金色に色付いた田圃(たんぼ)へと入っていった。

かたわらに従った洟たれ小僧が若者に話しかけた。

だが、若者には理解できなかった。すると、若者の足元の新しい草履を差して、もごもごと言い添えた。

弔いの列は広々とした田圃を見下ろす小さな林の高台に到着した。

ここは浄心寺家の田圃であり、墓地のようだった。さすがは名主の家系だ、代々の古びた墓石が田圃を見下ろしていた。

すでに墓穴が三つ掘られていた。そして、そのかたわらに三人の墓掘り人足が控えていた。

そのうちの一人の人足が一瞬見せた濁った眼差しを、若者は見逃さなかった。ただの墓掘り人足なのか、それとも別の職を持つ村人が、墓掘りも手伝うのか。弔いに加わった村人のだれとも挨拶も会釈も交わさなかった。

若者はそんなことを考えていた。

結雁和尚の読経が繰り返され、白衣の人々を夏の終わりの陽射しが照らし付けた。

読経が終わると、ほっとした参加者の吐息が洩れた。

穴の中にそれぞれ遺品が納められ、墓掘り人足が土を手際よくかけて小高く盛り上げていこうとしていた。

次郎助が持っていた山刀を帯刀が若者に差し出した。

「これは次郎助の形見たい。名無しどん、あんたに使うてほしかと」

と若者の手に押しつけた。

若者は帯刀の厚意を信頼の証(あかし)として有難く受け取った。

墓掘り人足がその光景を見ていた。

骸なき埋葬は終わった。

すると参列の人々が草履を脱ぎ捨て、子供たちがその草履を奪い合うように取って、手にしていた履物を渡した。

若者も洟たれ小僧に催促されて草履を脱ぎ、履き慣れた草鞋に替えた。帯刀らは真新しい白衣も脱ぎ捨て、子供たちに渡した。

若者も真似た。

死者の弔い方には、その土地その土地の慣わしがあった。

葬列に加わった親類縁者が新しい草履と白衣を土饅頭(どまんじゆう)の墓の前に置き去るのは、死者たちが生者をあの世へと誘うことのないように履き捨てるのか、と勝手に若者は考えた。そして、俗世に残った人々は供養を終えた真新しい草履と白衣を子供たちに与えて、その家の者が使うのではないかと思った。

子供たちが大事そうに白衣と草履を胸に抱え、村へと戻っていった。

若者のかたわらには頰(ほお)に涙の痕(あと)が残るゆうが歩み寄ってきて、頭を下げた。

「こん村の慣わしたい。村人の中には草履も買えん人がたくさんおらすと。葬列で履き捨てられた草履と白衣は大事に使われると。死人にはいらんもんね」

ゆうの説明は若者の想像とさほど違わなかった。

「弔いに加わってくれて、だんだんなぁ」

ゆうが礼を述べた。だんだんなぁとは感謝の意味だ。若者も愁傷の意を込めて頭を下げた。

「亭主どんは三月後に親父方の骸を回収に行くと」

若者は、私も従うと仕草で応えた。

「あんたさんは、そげんこつまでする要はなかとよ。薩摩入りは諦めてくさ、ほかん土地で剣術修行をせんね」

ゆうの言葉をしばらく熟慮していた若者は、首を横に振った。

「なにがなんでん、薩摩に入るとね」

若者がはっきりと首肯した。

「亭主どんが言ったばい。あんたさんは若いが、並みの武芸者じゃなかと、宮本武蔵の再来と教えてくれたと」

ゆうの声は、密(ひそ)やかだった。

骸無き墓は、形がだんだんと整っていった。

「あんたさん、薩摩に入るとをくさ、三月、待ってくれんね。亭主どんもなんぞ知恵ば考えとらすもん」

ゆうが願った。

若者はしばし考えた末に頷いた。

「安心した」

ゆうが洩らした。

墓掘り人足が帯刀になにか言った。

土饅頭作りが終わったことを告げたのであろう。

帯刀が三人の人足たちになにがしかの銭を渡した。

二人は、ぺこりと頭を下げたが、一人は不服そうな顔をした。掘り賃が安いというのか。

帯刀はその表情を無視して、細長い布の包みを手にとると、布を剝ぎ取った。

すると、名無しの若者が鰐塚山の尾根道で発見した姉と弟の体に刺さっていた短矢が現れた。

その場に残った人々が帯刀の行動を注視した。

「親父どん、おこう、次郎助よ、こん仇は決して忘れんたい」

と言い放った帯刀は、二つの土饅頭の上に血に染まった短矢を突き立てた。

墓掘り人足たちが、凝然とした顔で帯刀の静かなる怒りを見ていた。


その夜、若者は納屋の二階の部屋で書状を認めた。

浄心寺帯刀と一家に残す文だった。

その中で三月後には必ず戻ってくると認め、その証として大小と旅装束を残した。身分が分かるようなものは一切残さなかった。

ゆうが湯上がりに貸してくれた絣の筒袖を着て、次郎助の山刀を腰に帯び、木刀だけを手にして旅仕度を終えた。

深夜九つ半（午前一時）と思しき刻限、若者は静かに納屋を出た。すると隣の厩で馬が嘶いた。

若者は長屋門を出ると屋敷に向かって一礼し、百太郎溝沿いから葬列が向かった墓所への道を辿った。

どちらに向かうかなにも決めてはいなかった。

「三月の間、修行をなす」

若者が決めたことはそれだけだった。

小さな林の高台に着くと、月明かりに土饅頭が三つ見えた。

若者は墓の前に跪こうとして気付いた。

二つの墳墓に突き立てられた短矢が消えていた。だれが、こうと次郎助を射殺した矢を盗み取ったか。

若者は殺気を感じた。

咄嗟に墓の前に転がった。転がりながら、矢が飛んでくる方向とは反対へ、墳墓の陰へと逃れていった。

二本、三本と地べたに短矢が突き立った。

不意に弓の弦音が消えた。

強弓を携えて姿を見せたのは、昼間見た三人の墓掘り人足だった。この者たちは、

「外城衆徒」

その者ではないように思えた。だが、なにか繫がりのある一味だとその行動が教えていた。

三人はすぐに強弓を捨てた。

腰にはそれぞれ小さな鍔と長い柄、そして直刀に近い内反りが特徴の薩摩拵えの刀を差していた。荒っぽい拵えの刀だった。

並みの打刀に比べて反りの浅い薩摩拵えは、一撃必殺、斬り込みが深くなると若者は聞いていた。そのためには内反りの刀を使いきる腕力が要った。また小さな鍔は、

「防御を潔しとしない薩摩者の気概」

だと承知していた。

若者はその気配を見せることなく、薩摩の士分にも加えてもらえない国境者が三人だけなのか、それともほかにも密かに同行する者がいるのか、神経を尖らせて辺りを窺った。

だが、三人のほかにはいないと思えた。

若者は木刀を構えた。

仇を討つ機会は、若者が考えた以上に早くやってきた。

(武者修行に出て、初めての戦い)

だと思った。

若者は、格別に気分が高揚していないことを悟っていた。ただ、

（仇を討つために浄心寺家にこれ以上迷惑がかかってはならぬ）

と考えていた。となると、

（己か相手か、どちらかの死しかない）

と覚悟した。

手に馴染んだ木刀を正眼に構えて、三人を等分に見た。

一方、三人も内反りの剣を抜いて、

「蜻蛉」

に構えた。

士分でもない一味が示現流を遣うとも思えなかった。いや、薩摩者ならば、だれもが習う流儀なのか、若者には分からなかった。

蜻蛉はほかの剣術でいう八双に似ていた。

小さな鍔を顔の横につけて立てる独特の構えだったが、美しさに欠ける構えだと若者は思った。

流儀の基の構えにこそ、修行の密度と歳月が現れる。

若者と三人は黙したまま対峙していた。

一対三ならば、多勢が有利に思える。だが三人は、深夜に若者が墓場を訪れるなどとは予測していなかったようで、どう戦うか逡巡しているように見えた。

先手を取ったのは若者だ。

無音の気合いを発して左斜めに飛んだ。飛躍の間に正眼の構えが上段へと移され、間合いを詰めるのと同時に一気に振り下ろされた。

外城衆徒らしき一味が不意を衝かれるほどの迅速な動きだった。

がつん
と骨が砕ける音がして、相手がその場に押し潰された。

薩摩弁か、外城衆徒独特の言葉か、月明かりの墓場に短くも声が飛び交った。連携をとり、態勢を立て直そうとしてのことだ。

だが若者の動きはさらに速さを増して、三人の中央にいた者の横鬢を強打し、さらには内反りの刀を蜻蛉の構えから叩きつけてきた三人目の攻めと交差するように払った。

その木刀が相手の頭部を砕いていた。

一瞬の勝負だった。

若者は息も弾ませていなかった。ただ辺りを、この月明かりの勝負を見た者がいないかどうか窺った。

四半刻、観察を続けたあと、四人目の仲間はいないと確信した。

若者は即刻次なる行動に移った。

新左衛門らの遺髪や遺品を埋めた折りに使った鍬が墓場の隅に残されてあった。

若者は穴を掘り始め、一刻半（三時間）をかけて三人の骸を穴に投げ込んで平らに固めた。

夏の夜明けが近付いていた。

新左衛門らの墓に跪くと合掌した。

その行為を終えた若者は朝の光を浴びながら東に向かって歩き出した。


朝、ゆうが若者がいなくなったことに気付いた。

「亭主どん、あん人がおらんごとなった」

嫁の叫び声に帯刀が母屋から出てきて、無人の土俵を見た。

稽古をした痕跡がなかった。

「部屋に寝ておらんな」

「あん若衆、朝が早かとよ」

二人は二階の部屋に入った。すると夜具がきちんと畳まれ、文机の上に書状が一通残されていた。そして、若者の大小が置かれてあった。

「刀も差さんと、どげんしたとやろか」

ゆうが自問するように呟いた。

書状の宛名は浄心寺帯刀様、ご親族様とあった。

帯刀が書状を披いて黙読した。

「おゆう、三月後に必ず戻ってくると書いてある。刀はそんときまで預かってほしかと乞うてあるたい」

「あん人、戻ってくるとね」

「あん高すっぽは、こん屋敷に必ず戻ってくるたい、おゆう」

夫婦は、若者がいっときにしろ屋敷を去ったことに無性に寂しさを感じていた。

「そんとき、あん若衆と一緒に親父どんとおこうと次郎助の骨ば矢立峠に拾いに行く」

帯刀が書状を手に己に言い聞かせた。

ゆうは、あの若者は真に口が利けんとやろか、と考えていた。

第二章　関所の舞い

一

豊後関前藩六万石の城下にもまだ蟬の声が響いていた。

御番衆（ごばんしゅう）にして剣術指南の重富利次郎（しげとみとしじろう）が小曲（こま）がり小路の屋敷に戻ったとき、女房の霧子（きりこ）が庭に立ち、夕蟬の声に耳を傾けていた。

利次郎はその顔に憂いがあるのを見てとった。このところ霧子が時折り見せる鬱々（うつうつ）とした表情だ。

利次郎は、最初拝領屋敷が気に入らないのかと考えた。だが、違うことにすぐに気付いた。霧子は小女（こおんな）たちと一緒に屋敷の掃除や庭の手入れを嬉（うれ）しそうにしていたからだ。

枝折戸（しおりど）を開けて庭に入り、

「霧子、ただ今戻った」

と利次郎が声をかけると、
はっ
とした霧子が、

「利次郎様、気が付かないことで失礼をいたしました」

と詫びた。

以前は利次郎のことを亭主どのなどと呼んでいたが、屋敷に引っ越した折りに、一家の主（あるじ）を立てようと呼び方を変えていた。

「どうしたな、江戸が恋しゅうなったか」

霧子が首を横に振った。

「いえ、違います」

と応じた霧子が、

「利次郎様のおられるところが私の暮らしの場にございます。江戸が恋しくなったなどとは」

「思わぬか。それがしは無性に江戸に戻りたいと思うときがある」

利次郎の正直な告白に霧子が小さく頷いた。

「わが亭主どのは関前藩の御番衆にして剣術指南にございます」

「宮仕えの身では、部屋住みの頃のようにはいかぬということがよう分かった」

利次郎が苦笑いした。

「利次郎様」

と呼びかけた霧子の手が無意識に腹を触った。それを見た利次郎が、

「うむ、まさか」

「まさかとはなんでございますか」

「き、霧子、懐妊したのではないか」

利次郎の喜びの顔に霧子が慌てた。

「いえ、違います」

重富利次郎は十八の折り江戸神保小路の佐々木道場に入門した。安永四年（一七七五）のことで、ほぼ同時期に入門したのが、旗本の次男坊の松平辰平だった。二人はでぶ軍鶏、痩せ軍鶏と呼ばれ、互いを意識しながら切磋琢磨してきた。その痩せ軍鶏こと辰平も今では福岡藩黒田家に仕官して、すでに三人の子があった。

一方のでぶ軍鶏こと利次郎と霧子の夫婦には未だ子がなかった。そのことを利

次郎が口にすることはなかった。

（辰平は辰平、うちはうち）

と思っていたからだ。

「申し訳ありません」

霧子が利次郎に詫びの言葉を告げた。

「霧子、そなたが詫びる要などない。子は天からの授かりものだ。できるときにはできよう。子がなくばまたそれもよしだ」

利次郎が霧子を慰めるように言った。

尚武館道場を巣立って関前藩に仕官した利次郎は、坂崎磐音の父で国家老だった坂崎正睦亡きあと、小曲がり小路に屋敷を拝領し、坂崎家の小者や女衆の一部を譲り受けて一家を構え、なんとなく落ち着いたところだった。

「どうしておられましょうか」

霧子が利次郎に質した。

夫婦の間で常に気がかりなことが横たわっていた。だが、軽々しく口にできることではなかった。

「武者修行に出かけられた若者か。向かわれた先が先だ。なんともそれがしには分からぬ」

「国境を越えられたでしょうか」

「霧子、当人が決め、親御であり師匠であるお方が判断なされたこと。われらにできることは、ただ待つことだけだ」

利次郎の言葉に霧子がしばらく無言を貫いた。そして、口を開いた。

「なにを待つのでございますか」

今度は利次郎が答えられなかった。

利次郎は分かっていた。

霧子が案じていることは一つしかないことを。

紀州(きしゅう)の姥捨の郷で育った「姉」が、同じ郷で生を享(う)けた「弟」同然の若者の身を案じるのは当然のことだった。

「霧子、辰平もこの地から独り武者修行に出て、剣術を極め、わが道を定めた。とは申せ、こたびの場合、向かった先が薩摩だ。国境を越えられたかどうかさえ分からぬ」

霧子が利次郎の顔を見た。

「そなた、どうしようというのだ」

利次郎は察していた。

霧子は薩摩の国境をわが眼で確かめ、「弟」が薩摩入りしたかどうかを知りたいのだ。

「霧子、もはや尚武館時代の気ままな住み込み門弟重富利次郎ではないし、雑賀(さいか)衆(しゅう)の出の霧子でもない。豊後関前藩に奉公する身なのだ。分かってくれぬか」

「豊後から日向街道を下れば、佐土原藩に辿り着き、薩摩との国境の去川(さるかわ)の関所はすぐそこです」

だれに聞いたか、霧子は武者修行に発った「弟」が辿った街道を知っていた。

雑賀衆の隠れ里姥捨の郷に育った霧子には、忍びの者の血が流れていた。その霧子をもってすれば、薩摩の国境に辿り着くことは叶(かな)わぬ話ではなかった。

「霧子、そなた、武者修行をどう考えておる。死を覚悟で出かけられた若者のあとを追ってどうしようというのだ」

利次郎の問いに霧子から答えはなかった。

「親御でもあるわれらが師匠と母御が四百何十里も離れた江戸で耐えておられるのだ。そなたが手を差し伸べてなにをしようというのだ」

霧子は、生死だけでも知りたいと思っていた。だが、それを口にすることはできなかった。

「霧子、気持ちは分からぬではない。蟬がこの世に現れて生きることを謳歌するのはわずかな日月という。そのために人の眼に触れぬ地中で何年もの歳月に堪えると聞いた。かの人、今は声なき蟬、この世に輝くために堪えておられるのだ。親御でさえ手助けはできぬ」

「声なき蟬にございますか」

利次郎の言葉に霧子は頷いた。だが、納得したわけではないことに亭主は気付いていた。

「どうだな、奈緒様のところに参り、気分を変えてこぬか」

かつては坂崎磐音の許婚だった奈緒は紆余曲折を経て、故郷豊後関前で紅花栽培と紅餅造りを始めた。事業はだんだんと軌道に乗り、関前藩の物産所の大きな実入りの一つになろうとしていた。

しばし沈思していた霧子が、

「御刀を」

と願い、

「奈緒様の家に参ってようございますか」

と利次郎の申し出を受けた。

「気分を変えてこよ。奈緒様が辿られた生き方に比べれば、われらの来し方などまだまだ甘いわ。奈緒様と話せば、そなたの気持ちもほぐれよう」

利次郎の言葉に霧子が頷き、利次郎から大小を受け取った。

御番衆として屋敷を拝領して以来、利次郎も霧子も奈緒が紅花造りをする花咲の郷を訪ねる機会を失していた。

「明日にも参れ。だれぞ小女を伴うか」

「利次郎様、雑賀衆育ちの女子にございます。奉公人を供にするなど落ち着きませぬ」

「奈緒様のほうでもお困りかのう」

笑みで応えた霧子が、

「何日か、奈緒様の手伝いをして参ります」

と答えた。

翌日、稽古指導のために利次郎は朝早く屋敷を出た。

海に突き出た岬に聳える関前藩の城は、白鶴城と呼ばれた。本丸を頭に見立てて独り悠然と大空を飛ぶ白鶴に譬(たと)えられたのだ。

　朝稽古のあと、利次郎は国家老の中居半蔵(なかいはんぞう)に呼ばれた。

　前(さき)の国家老坂崎正睦の四十九日が迫っていた。

　新入りの御番衆が国家老に呼ばれることは、前の国家老時代にはなかったことだ。だが中居半蔵は、自分が国家老に就いたのは、一時の繋ぎ役だと思っていた。

　中居半蔵と利次郎は、尚武館道場主の坂崎磐音を通じて親しい交わりがあった。部屋住みの利次郎を関前藩に推挙したのは藩主の福坂周防守俊次(ふくさかすおうのかみとしつぐ)だった。かつて俊次は尚武館道場の門弟として江戸で稽古に励み、師範格だった利次郎にも剣術指南を受けていた。そうした縁から利次郎の仕官話が浮上し、最初にその話を受けたのは中居半蔵であった。ゆえに、関前藩の新入りながら中居半蔵との付き合いはそれなりに深かった。

「ご家老、お呼びにございますか」

　国家老の御用部屋が未だ板につかぬふうの中居半蔵が、

「藩士の剣術熱が一段と高まったようだな。それもこれもそなた、重富利次郎の指導のお蔭(かげ)だ」

「関前は、剣術家坂崎磐音を生んだ国許でございますれば、どなたにもその精神は脈々と受け継がれております。それがしは、ただともに飛び回って汗をかいたにすぎませぬ」

「坂崎磐音が育てた関羽と張飛が西国福岡と関前におる。そのことを考えれば、たしかに磐音の功労やもしれぬ」

中居半蔵が言った。

磐音が育てた〝関羽と張飛〟とは松平辰平と重富利次郎だ。

「ご家老、それがしになんぞ御用でございますか」

磐音の父坂崎正睦の晩年を知る利次郎にとって、国家老がいかに多忙な身であるか、とくと承知していた。ゆえに利次郎のほうから用件がなにかを尋ねたのだ。

「用件のう、あるような、ないような」

中居半蔵が曖昧に返答をした。

前の国家老坂崎正睦と比べ中居半蔵は、重臣が備えるべき貫禄にいささか欠けていた。

前藩主福坂実高から十一代俊次に代わったばかりだ。この仲夏、関前に密かに入国していた俊次は、関前藩の内紛の決着を見届けると、早々に船で江戸へと戻っていた。俊次の密やかな帰国は、公儀の格別な配慮で実現したことで、公のものではなかった。

藩主不在の関前藩を纏めるために中居半蔵がとった策は、藩士一人ひとりの顔と名を覚え、機会があるごとに声をかけては藩内の結束を図ることだった。

利次郎の眼にもこの策は功を奏し、藩内に活気が出てきたように見えた。

一方で、中居半蔵の領内巡察が繁多を極めたことで、

「新しい国家老は足軽口軽じゃ」

と嫌味を言う藩士も中にはいた。

若い藩主福坂俊次が正式にお国入りするまでの藩内の地ならしとしては、成功していると利次郎は判断していた。

「重富、江戸は落ち着いておろうな」

「はあ、まず差し障(さわ)りがあろうとは思いませぬ」

「となると、気がかりは一つか」

と国家老が言った。

利次郎は、

（ああ、そうか。武者修行で南に下られた若者について話そうとしておられるのか）

と気付いた。

「ご家老、昨日も霧子に、いや、わが妻にそのことを持ち出されました」

「ほう、霧子がなんと申したな」

利次郎は、霧子の案じぶりと内に秘めたる行動を憶測して告げた。

「なに、霧子が国境まで様子を窺いに行くと申したか」

「霧子にとって弟のような間柄にございます。つい身びいきが過ぎて、さような考えを持ったようです」

「日向街道をまっすぐに南下すればよいのだ。霧子の足ならば難なく辿り着こう」

「ご家老、霧子に薩摩の国境に飛べと申されますか」

「いや、そうではない」

中居半蔵がいささか狼狽(ろうばい)した口調で否定し、しばし沈思して言い出した。

「利次郎」

と尚武館時代のように名で呼んだ。

「そなたも関前に参り、五年が過ぎたか。西国の雄、薩摩の力はそれとなく承知しておろう」

利次郎は頷いた。

西海道の九国のうち、薩摩国島津家が特異な大名というのは、利次郎は折りに触れて気付かされた。

徳川幕府開闢以前、薩摩は九州平定を志し、豊後にも侵入した。

その折り、キリシタン大名大友宗麟支配下にあった関前領も薩摩の軍勢に蹴散らされた。

宗麟は和国統一を企てる豊臣秀吉に助勢を願い、それを受けた秀吉の九州征伐の軍勢二十余万と薩摩は戦う羽目に立ち至った。

その結果、薩摩は豊臣軍に敗北を喫して、いったん矛を収めた。だが、薩摩の島津一族は、朝鮮出兵、関ヶ原の合戦に参戦し、時に敗軍に回るも、その武勇は日本諸国に鳴り響くこととなった。

武者修行の若者が薩摩を目指したのも、

「薩摩の武勇」

を承知していたからだ。

「薩摩は、薩摩と大隅の二国に日向国の一部諸県郡を支配し、琉球国もその版図に加えることを幕府から許されておる。石高は七十二万八千七百石余じゃが、あくまでこれは表高だ。琉球を通しての異国との交易で、実収は何倍にも上がると、わしは見ておる。士分の数も他藩では考えられぬほど多い」

と中居半蔵が言った。

利次郎は、国家老の話の先がどこへ向かうのか分からなかった。

「利次郎、承知か。薩摩はな、幕府に隠しておきたい諸々のことがある。ゆえに国境は、どこの大名領の国境より警戒が厳しい」

新参者の利次郎にとってもさようなことは自明の理だ。

「薩摩は外海と内海を持ち、地続きの、縁続きの近隣国は肥後国熊本藩と人吉藩と日向国佐土原藩、飫肥藩だ。薩摩から北上するには、薩摩の西海岸から肥後に北上する出水筋、人吉に向かう大口筋、それに日向に向かう高岡筋が知られているが、われらが承知の若武者は、薩摩藩のお許しの書き付けを持参しておらぬ。となれば、人の往来が激しい筋を避けて薩摩入りするしかあるまい」

利次郎は黙って国家老中居半蔵の話を聞いているしかなかった。

「日向、肥後と薩摩の国境は険しい山並みが重なり合うておる。その山並みをな、外城衆徒と申す一団が支配しておる。利次郎、承知か」

「いえ」

「薩摩の国の住人は四人に一人が武士じゃ。それに比べわが関前は、二十人に一人しか士分は認められておらぬ。『外城衆徒』はその四人に一人の士分にさえ入れてもらえぬ輩（やから）であるが、国境で強い力を発揮する残忍無比の陰の者よ。その者たちの監視の眼をかい潜（くぐ）って薩摩に入らねばならぬ」

中居半蔵はしばし言葉を切った。

「ご家老、それがしにどうせよと申されますので」

利次郎は堪えきれずに質した。

中居半蔵は迷っていた。

利次郎は国家老の命を黙って待った。

翌日のことだ。

利次郎が下城すると、屋敷に奈緒一家の姿があった。

「ようこそおいでなされました」

利次郎は訝しく思いながら奈緒の顔を見た。

「利次郎様、霧子さんはどうなされました」

「えっ、昨日、奈緒様を手伝いたいと屋敷を出て、花咲の郷へ向かいましたぞ」

「屋敷の方からもさような話を聞きました」

奈緒が応じた。

霧子は紅花造りの手伝いに行くと言い置いて、昨日、須崎川（すさきがわ）の上流花咲山の麓にある花咲の郷へ向かっていた。道を間違えるはずもない。

しばし考えた利次郎は、

「奈緒様、霧子の持ち物を確かめてみます」

「どういうことです」

奈緒が利次郎の言葉を訝った。

「霧子は武者修行の若者の安否を気にかけておりました。ゆえに薩摩の国境を目指し、南に向かったと思えます」

奈緒の顔色が変わった。

「薩摩ですと。それは死にに行くようなものです」

関前生まれの奈緒がようやくこの言葉を絞り出して口を噤（つぐ）んだ。

二

その頃、人吉藩領を出た若者の姿は、大淀川の中流域に位置する高岡宿にあった。

この地は薩摩藩と佐土原藩領を結び、薩摩では高岡筋と呼ばれる交通の要衝であった。日向国の高岡から大隅国（薩摩藩領）の国境の都城まではおよそ十里と離れていなかった。まず薩摩に入国するには、この界隈では去川と呼ばれる大淀川を渡らねばならなかった。

渡ればそこは薩摩藩領だった。

「薩摩去川に御番所がなけりゃ
連れていこうもの身どもが郷に」

と流行り歌に詠まれるほど去川関所の取り締まりは厳しかった。

この界隈の住人にとって、薩摩は近くて遠い国だった。

この去川関所は伊勢国の国守であった佐々木義秀の家臣にして、伊勢二見ヶ浦の城主、二見久信の末裔たちが幕末まで、

「御定番」

を務めることになる。

戦国時代、織田信長に攻められた二見一族が薩摩の蒲生郷に逃げ落ちたことで、島津家と縁が生じた。

天正年間（一五七三〜九二）、島津義久は、国境の防備を固めるために薩摩と日向の国境の去川右岸に関所を設け、その関守である「御定番」を二見氏に命じたのだ。

この去川関所のそばを流れる去川はこの国境付近で、

「川幅八十間（百四十四メートル）深さ一丈（三メートル）余り」

と言われ、渡し船が往来していた。

この高岡側の河原で、旅の若者が木刀で素振りの稽古をする光景が見られるようになった。

若者は破れ菅笠で秋の初めの陽射しを避けて、飽きることなく木刀を振っていた。

一見独り稽古のようにも、流れ越しに薩摩へなにかを訴える行動にも思えた。

若者は薩摩の国境を守る外城衆徒らしき三人が肥後国人吉藩領宮原村の浄心寺家に眼をつけたことを気にしていた。

外城衆徒らの注意を逸らすために米良街道を使って高岡筋に出て、薩摩国境の去川左岸でこの稽古を行っていた。

薩摩に向かって木刀を振るうのは、大胆極まりないことであった。

この奇異な行動を早晩外城衆徒が嗅ぎつければ、己のほうにその注意を引きつけられると思ったのだ。

となれば、その分浄心寺家は、安全で何事もあるまいと考えた結果だ。

日向と薩摩を往来し慣れた旅の商人が、

「若い衆、ここでそげん真似しちゃいかんたい。去川の関所役人が怒って、首ば斬られるたい」

と注意した。

だが、若者は親切にも言葉をかけてくれた旅人に笑みの顔で一礼し、再び稽古を始めた。

去川には渡し船があって、乗合客たちが黙々と素振りを続ける若者の行動を見ていた。

関所の役人は若者の様子を対岸から黙って観察しているだけだった。当然、役人らは若者の行いを、

「なんの狙いがあってのことか」

と訝しんでいた。にもかかわらず関所役人はこちら側に渡ってこようとはしなかった。

乗合船の船頭も、

「妙たい、おかしか」

と呟いて若者の独り稽古を見ていた。そして、二見一族が支配する薩摩側の役人の堪忍袋の緒が切れ、いつ去川の流れを渡ってくるか案じていた。

「おい、船頭さんよ。あん若衆、剣術になっとるとな、それとも棒振りな」

乗合客の一人が訊いた。

「船頭に剣術の強か弱かが分かるものね。なんさま、こん陽射しの下で朝から晩まで、大した元気たい」

船頭の感嘆の言葉に客もなんとなく納得し、別の乗合客が、

「いちばん分からんとはくさ、なんのためにあげんこつばしとるとやろか、あん

若衆」

と質したが、だれも答えなかった。

いつしか、若者の行動は、

「関所の舞い」

と呼ばれるようになっていた。

乗合客の関心や薩摩藩士の懸念をよそに、若者は早朝七つ半（午前五時）時分から、日中の陽射しの間、半刻（一時間）あまり午睡をとったのち、西に日が傾くと稽古を再開した。

早朝から一日五刻（十時間）以上もひたすら体を動かしていた。

そのあと、めし屋に立ち寄り、仕草だけでめしを頼んだ。

めし屋の主は六尺を優に超える若衆の身分が侍なのか平民なのか区別がつかなかった。話しかけると耳は聞こえるが、口が利けないことを仕草で若者は告げた。

「あんた、なんばしたかとね」

主の言葉に若者は川向こうを木刀で差して、薩摩で剣術の修行がしたいと告げた。

「そりゃくさ、薩摩の殿様の書き付けがなかとな、どもならんたい。関所役人が川を渡ってくる前に、急いでここば立ち去らんね」

幾たびも聞いた注意の言葉を受けた。

だが、若者は笑みを浮かべて頷くだけで、供されためしと魚の煮つけが載った膳（ぜん）に向かって合掌した。

最初は口が利けない若者を警戒していた主も、破れ菅笠を脱ぐと現れる、無垢な表情を見て、次第に警戒心を解いていった。

めし屋に立ち寄るようになった若者に、

「あんた、焼酎ば飲まんね」

客の一人が若者に話しかけたが首を横に振り、いつもめしと菜だけの銭を主の手のひらに載せた。

若者のねぐらは高岡宿にある樹齢六百年もの大銀杏（おおいちょう）だった。その幹元に人が出入りできる大きな洞（うろ）があり、そこで体を休めていた。

若者が去川関所を望む対岸での木刀稽古を始めて五日目、若者はどこからともなく刺すような視線を身に感じた。

（外城衆徒だ）

若者は直感した。

去川関所の役人が本藩に連絡をつけた結果か。

めし屋の主や旅人の話では、去川関所の役人は他国の領内であれ、彼らにとって目障りな者となれば、無法にも国境を越えてやってきて非情にも斬り捨てるという。

だが、こたびの若者の挑発とも思える行動には、いつもと違う反応を見せていた。

一方、若者は、己が薩摩入りするために企てた陽動作戦が、どうやら外城衆徒に伝わったようだと思った。

だが、昼間は渡し船が往来し、大勢の人の眼があった。いくら外城衆徒とはいえ、交通の要衝で若者に手出しはできなかった。

外城衆徒に残酷無比な所業が許されるのは薩摩との国境の山中であり、他国の人の眼に触れる郷ではない。

若者になにかできるとしたら、二見一族の「御定番」支配下の役人だ。

いつものように稽古を終えた若者は、去川の流れで汗を流し、破れ菅笠を被ってめし屋に立ち寄った。

「まだおったんな」

めし屋の主が驚きの顔で見た。

若者は主を見た。

その表情は、

「なにかあったのか」

と問うているように主には思えた。

「関所役人がたい、えれぇ忙しと言うとった。いつもと違う役人衆が鹿児島から大勢来たとたい。あんたのこっちゃなかろうか。逃げるならたい、今しか残っておらんと」

若者はしばし黙考したが、いつものように主の手にめし代を載せて、めしを頼んだ。そして、ゆっくりと一日一度のめしを噛みしめながら食し終えた。

破れ菅笠を被ると、若者はいつもどおりにめし屋の主に一礼した。

「高岡に、ここにおっちゃいかんたい。分かったね」

若者は会釈を返すと、めし屋を出た。

秋の初めの夕暮れの刻限だった。

若者は、宵闇(よいやみ)が迫ると高岡筋を東へと向かった。

淡々と歩を進めながら、外城衆徒と思しき複数の者たちが尾行してくるのを感じ取っていた。

若者は、外城衆徒とか「山ん者」と呼ばれる薩摩国境を守る一党と己との関わりを思い出していた。


最初に外城衆徒らが若者に眼をつけたのは、飫肥領内牛ノ峠だろう。

だが、若者は薩摩領の都城を遠望する峠からいったん国境を離れた。日向から肥後へと何日も歩き通した。

その間に外城衆徒の眼は感じられなかった。

若者が再び外城衆徒の気配を感じたのは日向国に戻り、飫肥領内の矢立峠に立ったときと思えた。

偶然にも峠の山小屋で出会った浄心寺新左衛門とこう、次郎助の三人の親子と一夜を過ごしたことに起因していた。

外城衆徒らは、なんの理由か知らないが、肥後国人吉藩領内に飫肥から戻ろうとしていた三人の親子を惨殺した。

三人が外城衆徒について若者になにか知識を授けたと思ったからか。

それは外城衆徒らの考えすぎだった。話したとしても実に断片的なことで、若者の行動を左右するほどのものではなかった。なにより若者は、

「口が利けなかった」

ゆえに、会話は一方的なものにすぎず、親子には全く罪科がなかった。

ほかに理由が考えられるとしたら、薩摩入りを窺う若者に警告を発するために三人を短矢で射殺し、狼に襲われて死んだように見せかけたか。だが、若者が真の原因を知ることを推測していた節もあった。

若者は、こうと次郎助の亡骸を峠道に仮葬すると、浄心寺家がある人吉藩領内球磨郡宮原村を訪ねて、遺品などを届け、書面にして三人の死の経緯を告げた。

人吉藩上相良家の名主の一人、当主の浄心寺帯刀は、父親、妹、弟の奇禍の真相を見ず知らずの若者から書面で伝えられ、その証言を信じて受け止めたのだ。なにより、こうと次郎助の体に刺さっていた短矢が、薩摩の国境を密かに守る外城衆徒あるいは「山ん者」の仕業であることを示唆していたからだ。

一方、若者は鰐塚山山中での悲劇は、

「己の行動」

が引き起こしたことだと、すでに承知しており、外城衆徒らの意図を確かめて

いたのだ。

若者は、三月後に、新左衛門らの亡骸を回収しに行くことを帯刀と約定していた。

間を置いたのは外城衆徒らを油断させるためだった。それにしても浄心寺家にこのまま厄介になり続けているのは、当家に新たな災難をもたらすと思った。また若者は三月の間、自分なりに薩摩入国のために国境を探りたいとも思っていた。

そこで密かに浄心寺家を出ると、新左衛門らの墓に、

「三月後に戻ってくる」

ことを報告しに行った。

するとそこで三人の外城衆徒らしき者と遭遇したのだ。

若者は、己の行動を知る者がこの三人と推量し、墓に突き立てられていた短矢を三人が取り戻した意味に気付いたとき、三人を始末することにした。そして、その骸は、新左衛門らの墓場の一角に埋めてきた。

とはいえ、薩摩の国境を守る一団、外城衆徒あるいは「山ん者」と未だ、本式の戦いをしたわけではなかった。

ましてや、外城衆徒の眼をかい潜っての薩摩入国も難しかった。そのためにど

のようなことをなせばよいのか、まず若者は浄心寺家から外城衆徒の関心を逸らし、己に引きつけておこうと考えた。

それが高岡筋の薩摩国境、去川関所を対岸に見る河原での、

「関所の舞い」

だった。

ともかく外城衆徒を引き回す。そして、機あらば、新左衛門ら三人の、

「仇」

を討つことを心に誓っていた。

夜道を高岡から東へ向かった若者は、脇街道へと道を西に外した。

牛ノ峠以来、日向から肥後へと、薩摩国境に近い街道をどれほど往復したことか。日向と肥後と薩摩側の地形が頭におぼろげに入っていた。それが若者に夜道の旅を可能にさせていたのだ。

闇に潜んで姿を見せない尾行の一団は、若者につかず離れず、ぴたりと従っていた。

相手が仕掛けてこない以上、若者に抗う意思はない。

ただ淡々と月明かりを頼りに人吉街道を歩いていた。

三日後、若者の姿は肥後人吉藩領と薩摩藩領の国境の一つ、加久藤峠にあった。
従う尾行の者たちが緊張しているのが若者にも伝わってきた。
峠には一見若者の姿しかないように思えた。
峠の雑木林が、がさがさと鳴った。
だが、若者は腰に下げた山刀に手をかけず、木刀を構える様子も見せなかった。
すると峠に若い鹿が三頭姿を見せて、若者を見た。
(そなたらの縄張りを邪魔したな)
若者は胸中で謝り、和やかな笑みをこの峠に暮らす生き物に向けた。
生き物たちも若者を警戒したふうもなく、峠道の草を食み始めた。
その様子を見ていた若者が動く気配を見せた。
薩摩国鹿児島城から出ていく七筋のうち、
「加久藤筋」
と呼ばれる街道だ。
尾行者が緊張した。
若者が南に向かえば薩摩領内だ。
だが、若者は鹿たちを驚かさぬよう、

くるり
と踵を返し、今上がってきた道へと戻り始めた。

その日の夕刻、高岡筋の去川関所を前に、河原に一人の女蚊帳売りが姿を見せた。頬被りと菅笠で陽射しを避けた女は、背に、

「萌黄の蚊帳」

を負っていた。

蚊帳は、それなりに値の張る品だ。それだけに女蚊帳売りの形は小粋に見えた。

女は去川の渡し船を見ていた。

その日の仕舞い船の船頭が、

「おや、木刀振りが消えたと思ったらたい、こんどは女商人じゃね」

と話しかけた。

女はそれには答えず、

「あちらは薩摩どすか」

と上方訛りで訊いた。

「女衆、薩摩に蚊帳売りか」

「違いま。薩摩に入る心積もりはおまへん」

「手形があっても薩摩入りは難しかたい」

「船頭さん、最前、木刀振りがどうのこうのと言わはりましたな」

「ああ、あのでくのぼうか。あんたのなんな」

「剣術好きの弟を、蚊帳を売りながら探して歩いておるんどす」

「あんた、姉さんね」

　頷く女に、

「関所の役人が気にした若衆たいね。いい加減なこつば話したらくさ、おいの首が飛ぶたい」

　と船頭は魂胆がありそうな口ぶりをした。

「船頭さん、いっぱい飲ませる店を知らしまへんか」

「焼酎か。こん界隈には一軒しかなかたい。木刀振りがめしば食っておった店たい」

「船頭さん、うちに少し付き合うてくれまへん」

「おお、こん船頭の権造、焼酎と女ん誘いは断りやせんたい」

とにんまりした。

三

乗合船の船頭権造が蚊帳売りに扮した霧子を伴ったのは、若者が数日前まで一日一度のめしを食していためし屋と酒場を兼ねた店だった。

「親父、焼酎ばくれんね」

権造の連れを店の主が見た。

「女蚊帳売りね。こん界隈に蚊帳を買う分限者はおらんばい」

霧子が菅笠と頬被りの手拭いを取った。

店の主も権造も霧子の素顔に接して言葉を失った。

「こん界隈では見かけん別嬪さんばい。権造さん、どげんしたと」

店の主が言い、にんまりとした権造が、

「まず焼酎ばくれんね、話はそれからたい」

と焼酎を注文した。

たっぷり五合は入りそうな達磨のかたちをした徳利に茶碗が二つ出てきた。

「まず姉さんが飲みない」

「いえ、まず船頭さんから」

霧子が権造の茶碗にたっぷり焼酎を注いだ。

「姉さん、おいの焼酎は飲まれんと」

権造は嫌味を言いながらも茶碗を摑むと、
きゅっ
と一息に呑み干した。

「親父、この女子(おなご)さんはたい、木刀振りの姉さんげな。話はあてにないどん、そげん言いなる」

権造は空の茶碗に二杯目を手酌で注いだ。

「あん兄さんの姉さんな。今頃どげんしとろかね」

店の主は、若者が一日一度、ここのめしを食しに来たと懐(なつ)かしげな口ぶりで霧子に告げた。

「弟がお世話になりましたか。えらいすまんことどした」

「なんの手もかからん若者たい。ただ河原で稽古したあと、うちでめしば黙って食うただけたい」

「親父、口が利けん若衆ばい。黙って食うほか、手はなかろうもん」

「そりゃ、口が利けんじゃったとたい。そんでん、礼儀を知った若衆じゃったな」

（口が利けんとはどういうことか）

船頭と店の主の間違いかと霧子は思った。

「その若い衆は名を名乗りましたか」

「姉さん、口が利けん人間がどげんして名乗ると。姉さんの弟はほんまもんの侍な。木刀と山刀を提げた形たいね、侍じゃなかろ」

船頭が再び口が利けんと告げ、今この場で話題になっている若者が、霧子の探す人物かどうか、判断に苦しんだ。

「歳だけは仕草で応えたな、十六やったな、権造さん」

「ああ、十六ちゅうとった」

「姉さん、あん兄さんは弟と違わんね」

二人が交互に告げる武者修行の若者と歳は同じ、背丈も風貌もそっくりだった。

ただ大小も差さず、木刀に山刀とはどういうことなのか。

「その若衆は、川向こうの関所にて薩摩入りを願いましたんやろか」

「あん形で木刀と山刀だけでは薩摩の関所は越えられんと。さんざん木刀で打ちすえられるか、蹴殺されるだけばい」

店の主は、その若者が川向こうの去川関所に掛け合ったことはないと言った。その若者は、なぜ薩摩の去川関所を騒がすような真似を去川の河原でし続けたのか。

「どげんしたな、姉さん」

権造が焼酎徳利を手に霧子の茶碗に注ごうとした。

「船頭はん、待っておくれやす。弟のことが気になりますよって」

と茶碗に手で蓋をした。その代わり権造の茶碗に焼酎を注いだ。その茶碗を口に持っていきながら、

「数日前まで去川関所の役人どもがだいぶ殺気立っとったと。今はふだんに戻っちょるばい。あん若衆、そろそろこっちに戻ってこんね」

と権造が言うのへ、店の主が、

「いいんや、ここにはもう戻ってこん」

と明言した。

霧子は焼酎に酔った権造の酒代を主に渡すと、さっと店を出た。すると店の主が霧子を追ってきて、

「弟どんはな、ここにはもう戻ってこん」

と繰り返した。

「旦那さん、薩摩入りを諦めたということどっしゃろか」

「いや、諦めてはおらんばい。ほかの峠道をな、探しておる。間違いなか」

「弟はなぜ薩摩の関所の前で剣術の稽古をしてみせたんやろか」

霧子が自問するように言った。

「姉さん、そりゃ、おどんにも分からん。けどな、あん若衆には考えがあってんことやろ」

主は言い切った。

「姉さん、権造さんには気をつけない」

と囁いて主は店へと戻っていった。

霧子は、最前の去川の河岸に戻ってみた。

当然のことながら、対岸に渡る乗合船は岸辺に上げられていた。

薩摩側の去川関所は暗く闇に沈んでいた。

弦月の月明かりが、わずかにこちら岸を濃淡で区別していた。

だが、霧子は闇の中から見つめる、

「眼」

を意識した。

その瞬間、この河原で木刀の素振りをしていた人物こそ、霧子がその消息を知りたい人だと直感した。

若者は、なにか理由あって身なりを変え、わざわざ薩摩の関所近くで剣術の稽古をしてみせたのだ。

めし屋の主が言うように若者は薩摩入りを諦めてはいなかった。そのためにこのような人目につく振る舞いを繰り返していたのではないか。

若者が次に向かう先はどこか。

霧子は思案していた。ために背後に忍び寄る人の気配に気付くのが遅れた。

焼酎臭い息がしたのと同時に霧子の口が手で塞がれた。

(権造だ)

「お、おめえは江戸の密偵じゃろが」

権造が酒臭い息を吐きながら言った。

霧子は背中に蚊帳包みを負っていたために権造との接触を避け得たが、自らも身動きがとれずにいた。

「おいの船小屋に来い。蚊帳の吊り具合を見てみようたい」

霧子は鼻で、
すうっ
と息を吐くと、腹に力を溜めた。

権造が霧子の体を引きずろうとして、一瞬、口を塞いだ手を離した。

次の瞬間、霧子の肘が権造の脇腹に食い込んだ。

「うっ」

と呻き声を洩らした権造が、

「こん女子、ただ者じゃなか」

と痛みを堪えつつも背中の帯に差し落とした刃物を抜き放ち、霧子の顔の前で素早く動かした。

霧子は対岸の「眼」を意識した。

後ずさりしながら、対岸の「眼」からこちら側の諍いが見えない葭の陰へと権造を誘った。

権造は、

「おいの船小屋に入りたかか」

となにを勘違いしたか、言った。

「権造さん、生きるか死ぬか、あんたの返事次第よ」

霧子が声音を変えて権造に言った。

「生きるか死ぬか、閨（ねや）の話な」

霧子の片手が腰に下げられた鉄菱（てつびし）の革袋にかかり、紐を一瞬で解いた。

「権造さん、弟が行った先を知っていたら教えて」

「閨で話そうたい」

「どちらが先でも一緒よ」

「あいつはな、出水筋の野間（のま）の関所に行ったたい」

「あら、どうしてそう思うの」

「あいつは、名無しじゃなか。字も知っとる。ねぐらは、大銀杏の洞じゃったと。おいが昼間、訪ねたらたい、地べたに絵図が描いてあったと」

「そのことを承知なのは」

「おい独りたい」

権造が刃物の先で霧子を追い立てようとした。

間合いを計っていた霧子の手から鉄菱が次々に飛ぶと、

「ああっ」

と悲鳴を上げ、その場で権造がのたうち回った。

「権造さん、当分両眼は使えないけど、命だけは拾ったわ」

そう言い残して霧子は街道に戻った。


若者は、相変わらず外城衆徒あるいは「山ん者」と思える集団を従えて、矢岳(やたけ)山(やま)の北側の道なき道を歩いて久七(きゅうしち)峠に向かっていた。

尾根道とてなく獣道らしきものがあるだけだ。

だが、若者は自らの勘と方向感覚を頼りに薩摩領の外側を久七峠に辿り着いた。

薩摩では大口筋と呼ばれ、国境を越えて人吉街道と呼ばれる峠道だ。峠上の高さは二千四百余尺（七百三十二メートル）あった。

季節が秋へと移ろっていた。

蟬の鳴き声はすっかり消え、秋茜(あきあかね)が飛び交っていた。

峠には茶店一つ、人家一軒あるでもなく、ただ古びた石造りの道標(みちしるべ)に、

「久七峠」

と刻んであるだけだった。

刻限が刻限だ。

旅人はすでに薩摩側の伊佐(いさ)か肥後側の人吉へと下っているのか、峠には人影一つ見えなかった。

若者は峠でしばらく休むと、郷で購(あがな)った煎(い)り米(ごめ)や干し無花果(いちじく)を食して腹を満たし、峠に湧(わ)き出る水を手で掬(すく)って飲んだ。

そして、薩摩側に向かって一礼し、木刀の素振りを始めた。あの去川関所の対岸で繰り返してきた素振りだった。

稽古を始めてどれほど時が流れたか。

若者を見張る外城衆徒の輪が不意に縮まって若者を襲おうとした。

すると若者はその気配を察したように、峠の西側の深い緑の山並みへとふわりと姿を没すると、わずかに痕跡を残す獣道を走り出した。

その体力と速さは、この国境を支配する外城衆徒の眼にも驚きであった。

多勢に無勢だが、険しい山並みの獣道は多勢ゆえ有利に働くとは限らなかった。

なぜならば、獣道は一列で進んでいかねばならないからだ。

また彼らが使う強弓は、獣道の笹藪(ささやぶ)などで遮(さえぎ)られ、短矢を射たところで笹藪に掻き消えるだけだった。

若者が目指していく先には、標高二千九百余尺（八百七十七メートル）の宮ノ尾山があった。

この夜、若者はこの宮ノ尾山の頂きの北側に杣小屋を見つけて一夜の宿りとした。外城衆徒の面々を引き離したと確信したからだ。それは霧子が権造と諍いを起こしていたのと同じ刻限だ。

外城衆徒一党の経験と常識を打ち破り、若者は逃げ切ったのだ。

杣小屋は無人だった。

若者は火を使うことなく小屋にあった熊の毛皮を被って眠りに就いた。若者は、紀伊領内、内八葉外八葉の山並みに囲まれた雑賀衆の隠れ里、姥捨の郷で生まれ、物心ついて以来、山歩きや川遊びは、

「日常」

そのものだった。

そこで培われた勘がこの薩摩入国に際して蘇っていた。

国境を守る外城衆徒をとことん混乱させるのだ。

（あの者は、なにを考えているのか）

と疑心暗鬼にさせればよかった。

若者の目的は国境を守る外城衆徒と戦うことではなかった。あくまで薩摩に伝わる東郷示現流をこの眼で確かめ、できることならば直に指導を受けることが目的だった。だが、新左衛門ら三人の仇も討たねばならないと思った。それがなによりの供養になると思っていた。

翌未明、杣小屋を出た若者は、この宮ノ尾山の北側から流れ出る水音を頼りに沢へと伝い下りた。

この沢が那良川と呼ばれ、人吉から八代へと流れる急流球磨川に合流することを若者は知らなかった。

だが、若者の強靭な体力と雑賀衆の隠れ里育ちの勘が沢に向かうことを教えていた。

いつの間にか外城衆徒の気配はまったく消えていた。そして、その昼過ぎ、若者は球磨川の景勝地として知られる一勝地谷に出ていた。

若者は、山歩きで汗みどろになった体を球磨川の岸辺で浄め、浄心寺家から借り受けてきた絣の筒袖と軽衫を洗い、岩場に干して乾かした。そして、褌一つの体を陽射しの岩場に横たえて眠りに就いた。

その鼾（いびき）は球磨川の水音と競い合った。

二刻（四時間）ほど熟睡した若者が眼を覚ますと、土地の者が何人も見下ろしていた。

「あんた、だいいね」

百姓ふうの一人が言った。

若者は首を振って口が利けぬことを伝えた。

「口が利けんと言いなると」

若者がこっくりと頷いた。

まだ幼さを残す顔だった。だが、六尺を超えるその五体はしなやかな筋肉に覆われて、一片の無駄もなく鍛え上げられていた。

若者に関心を持った男たちが木刀に視線をやった。若者は褌一つで岩場に立ち上がると、木刀を手に素振りをしてみせた。

「薩摩っぽな」

「違う、兵児（へこ）じゃなかろ」

見物の衆が言い合った。

「あんた、武者修行してござると」

（うんうん）

と声も出さずに頷いた。

「どこに行くとな」

若者は木刀を南に向けて行き先を告げた。

「薩摩と言いなるな」

若者が頷いて微笑んだ。

「そりゃ、いけん。そん形で薩摩に入られるものか。あんた、外城衆徒とか山ん者ちゅう言葉ば聞いたことなかかな」

若者は承知しているというように頷いた。そして、山から下りてきたと仕草で教えた。

「あの者たちば、承知で薩摩に行くとね」

若者は頷くと、乾いた衣服を身に着け始めた。

「兄さん、口が利けんとな」

見物人の一人の老人が重ねて尋ねた。

この界隈で名主とか長老と呼ばれる風体だった。すると若者は素直にも笑顔で頷き、耳を差して耳は聞こえるという仕草をした。

「よか、耳が聞こえるたい。よう聞きない」

見物人の中でも長老格の老人が言い出した。

「こん地は人吉藩相良様の領地たい。城下は、こん川の上流の人吉たい、相良の殿様のお城があると。戦国時代のこったい、丸目蔵人佐長恵ちゅう剣術家がタイ捨流ば人吉で始めなさったと。こんタイ捨流は薩摩の示現流に繋がっとうもん。薩摩の剣術を習うより人吉に行きない。人吉城下の丸目道場ならばくさ、薩摩ごとこせこせしたことは言わんたい。すぐにでん、入門ば許されようたい」

と諭した。

若者は、丸目蔵人のタイ捨流の流儀の名は承知していた。だが、それがこの人吉藩で始まったことも剣風も知らなかった。

示現流に影響を与えた剣術ならば学んでみたいと思った。だが、まず薩摩の東郷示現流を見てからだと、若者の決心は変わらなかった。

「兄さん、あんた、束脩は持っとると」

束脩とは、束ねた干し肉という論語の一語に由来する。師のもとへ入門するときの持参の品、つまりは入門料だ。

若者は、首を横に振った。

「そうやろな。刀は持っておらん、形は百姓同然、銭はなし。持ち物は木刀と山刀だけか。呆(あき)れた武者修行たい」

老人が呆れた顔で若者を見た。

若者はにこにこと笑っていた。屈託のない笑みだった。

「なんもこたえておらさんごたる、どげんしたもんじゃろか」

「名主様が声をかけろと言わしたとやろが。今晩ひと晩くらいこの若い衆を泊めてやらんね」

と別の男が言った。

「兄ゅ、うちに泊まるな。めしと焼酎はあるたい」

若者が焼酎は要らん、めしだけでよかと仕草で伝えた。

「肥後に来てくさ、焼酎はいらんと言いはる若衆たい。致し方なか、一晩の喜捨(きしゃ)しようたいね」

名主の老人が球磨川そばの屋敷に若者を伴った。

四

秋が深まったが、陽射しは穏やかだった。

豊後国関前藩の須崎川の河岸を、二頭のアラビア馬が轡を並べてゆったりと進んでいた。

乗り手は国家老の中居半蔵と御番衆の重富利次郎だ。

異国からオランダ船に乗って長崎に入ってきたアラビア馬を買い求めるよう、長崎に滞在する藩士に命じたのは、前の国家老坂崎正睦だ。

何年も前のことだった。

異国馬は和馬に比べ、馬体が大きかった。正睦はアラビア馬が大人しいとなれば、江戸に送って売ることを考えていた。

とはいえ、限られた隻数のオランダ船で生き物が運ばれてくるには、何年も要した。

亡き人の願いであったアラビア馬は長崎街道を通じて関前藩に運ばれてきた。

二頭の馬には異国製の革鞍や手綱の装備品もついてきた。

二人はまず馬場でアラビア馬に試し乗りした。

訓練された馬らしく、人の命ずることをよく聞き分けた。

アラビア馬が江戸において高値で売れることは調べがついていた。

関前藩では領内の物産を定期的に藩の所有帆船で江戸へ送り、利益を上げていた。数年前よりそんな物産に加え、

「長崎口」

と称する輸入品を買い付けては江戸へと送っていた。

異国の工芸品、衣類、刀剣、小間物など、どれも一品の単価が高く、大きな利をもたらした。

このアラビア馬もその一環だったが、まずは異国馬の気性を知ることが大事だった。名目上はそんな理由もあって中居半蔵が利次郎を誘ったのであろう。一方で霧子の不在を中居半蔵が気にして、遠乗り(とおの)に誘ったことは明らかだった。

初めてのアラビア馬に鞍を置き、鞍上(あんじょう)に腰を落ち着けた利次郎の感想は、

「おお、なんとも高いな」

というものであった。小者の手を借りて鞍に腰を落ち着けた中居半蔵も、

「おお、景色が違うて見えるぞ」

と感嘆の声を上げた。

城内の馬場で半刻ほどゆっくり乗って慣れた中居半蔵が、

「よし、少しばかり遠乗りに参ろうではないか」

と言い出し、慌てる藩士を他所(よそ)に城下の人々を驚かせながら、須崎川の河岸道(かしみち)に出てきたところだった。

利次郎には中居半蔵の考えがよく分かっていた。だが、そのことを口にすることはなかった。それに独り密かに胸に温めておきたい報(しら)せもあった。

「異国の生き物はどれも飼い慣らされておると聞いたが、確かじゃな。これなれば江戸に送って売れよう」

中居半蔵が利次郎に話しかけた。

「ご家老、物産所の品に生き物も加えるおつもりですか」

「殿のご意向次第じゃな」

豊後関前藩の藩主とは、もはや福坂実高のことではない。若い俊次のことだ。実高は隠居し、十一代の福坂俊次が公に将軍家斉にお目見(めみえ)して、その治世下へと変わっていた。

「歳はいくつでございましょうな」

「長崎で買い付けた寄木文三(よりきぶんぞう)によれば三歳ということだが、もう少し歳を取っておらぬか」

「それがしもそう思います。四歳と言いたいが五歳にはなっておりましょう。馬としては働き盛りでしょうが、売るとすると若駒のほうがようございましょう」

「正睦様も最初から売るつもりであったわけではなかろう。藩で乗りこなしてその様子次第と考えられていたのではないか」

二頭のアラビア馬に乗った二人は、いつしか奈緒が紅花を栽培する花咲の郷近くに来ていた。

「ご家老、奈緒様の紅花造りの様子を見て参りますな」

利次郎が念押しした。

「おお、馬に慣れたならばそうする心積もりであった。今年も干花を次の船に積み込む目処(めど)が立ったと、過日奈緒が伝えてきた。いちどこの眼で見ておきたかったのだ」

中居半蔵が答えた。

関前藩にとって、アラビア馬よりも紅花栽培と干花造りは新たにして重要な物産になろうとしていた。

高いアラビア馬の鞍上の二人の視界に花咲の郷が見えてきた。

屋敷の前を須崎川が流れていたが、その橋上に奈緒の長男亀之助(きのすけ)の姿があって、珍しい異国馬に乗った二人に気付き、

「母上、ご家老様と利次郎様がお見えですよ」

と叫んで知らせた。

長屋門から姉さん被りの奈緒が姿を見せて、腰を折って二人を迎えた。

そのとき、奈緒は霧子のことを考えていた。だが、霧子に異変があったとしたら、二人してかように長閑な遠乗りでもあるまいと考え直した。

中居半蔵と利次郎が馬を下りて、手綱を亀之助と男衆に預けた。

「この馬、大きいな」

「亀之助さん、おとなしかね」

と言い合いながら亀之助らはアラビア馬を庭先の水飲み場に連れていった。

「奈緒、千花の出来はどうか」

中居半蔵が奈緒に尋ねた。

「ご家老様、三年目にしてようやく得心がいく千花ができました」

と答えた奈緒が、

（ご家老様は千花の出来を見にこられたか）

と思い直した。

「どうだ、最上紅（もがみべに）に肩を並べる出来か」

奈緒が中居半蔵の言葉に苦笑いした。

紅花は、

「羽州最上および山形産を良となし、伊勢・筑後これに次ぎ、予州今治・摂州二州産これに次ぐ」

というのが長年の評価であり、取引される値もそれに準じていた。

「ご家老様、一朝一夕に最上紅はできません。されど、その次か、さらにその下には届いたかと存じます」

「量はどうだ」

「十駄ほどでございます」

「十駄か」

と応じた中居半蔵の返答は微妙だった。

紅花は干花にして紅問屋と取引された。

その折り、「駄」という特別な単位で取引された。干花を袋に詰め、決められた紙袋に五百匁ずつ十六袋を一梱と称した。重さにして八貫目だ。四梱三十二貫を一駄といった。

この一駄は、馬一頭が運ぶ重さのことだ。

紅花の値は、天候に左右されやすく、同じ年のものでも質に上・中・下と分かれた。

山形から京へ送られる一駄は、栽培がうまくいった年は百両前後で、出来の悪い時は二十五両前後と四倍もの開きがあった。

「京に送っていくらの値がつくな」

中居半蔵は矢継ぎ早に奈緒に問うた。

「一駄三十両の値がつけば上々かと存じます」

十駄となれば三百両だ。だが、紅花造りには大変な手間と労力がかかり、さらに京に運ぶ運送費が要った。

「ご家老、まずは今年も干花ができたことを喜ぶべきではございませんか。奈緒様の苦労が実ったことを祝うべきかと存じます」

利次郎が二人の会話に加わり、

「おお、そうであったな。物事は最初からそううまくはいかぬ。尚武館の主どのがこの場におれば、わしの性急を窘めたであろうな。許せ、奈緒」

中居半蔵が奈緒に詫びた。

「いえ、ご家老様のご期待に応えるには、あと数年の歳月が要りましょう。今少し時をお貸しくださいませ」

と願った奈緒が、

「これはこれは、立ち話で失礼をいたしました」

と二人を門内へと誘った。

庭で仕事を手伝っている村人が国家老の中居半蔵に慌てて仕事の手を止め、土下座するように頭を下げた。

「よいよい、仕事を続けよ」

中居半蔵が男衆と女衆に声をかけた。

前の国家老は寡黙(かもく)にして重厚な人物であったが、新任の国家老は、

「足軽口軽」

と噂されるほど気さくな人物だった。

利次郎は、若い藩主を支えるには中居半蔵のような人柄のほうがよいと考えていた。

「奈緒、草鞋を脱ぐのが面倒じゃ、縁側で茶を馳走してくれぬか」

「仕度させております」

縁側に円座を出した奈緒が、

「ご家老様、あの干花、次の便船で京に送られますか」

「いかぬか」

中居半蔵が奈緒を見た。

しばし沈思した奈緒が、

「いかにも紅染め衣裳の本場は京にございます。事実、最上紅はほとんどといってよいほど船で京へ送られ、取引されます」

「値段もよいそうじゃな」

「はい」

と答えた奈緒がしばらくまた黙考して、

「今年も江戸に送ってはなりませぬか」

と言い出した。

奈緒の頭にはこれからの消費地は江戸だという思いがあった。これまでも少量ながら干花を江戸に出荷してきたことで、江戸の職人らに関前紅の名が知られるようになっていた。

なにより京の紅花問屋に新興の紅花産地が入り込むには、大きな難儀が待ち受けていると思われた。値を叩かれるのも予測できた。

　奈緒の脳裏に紅染やの本所篠之助親方の顔が浮かんでいた。

　篠之助ならば、奈緒が栽培し、手をかけた干花を確かな眼で判断してくれるような気がした。

　それに江戸の御免色里の吉原が流行りものの中心地だった。奈緒はかつてこの吉原の太夫として全盛を誇り、山形の紅花商人に身請けされた過去があった。そうした縁もあり、それならばこれから紅花を使って衣裳を染めるのも、紅猪口や紅板を造るのも江戸で行うべきではないかという考えが去来していた。

　そんな考えを中居半蔵に話した。

　途中、女衆が二人の武家に茶菓を供した。

　だが、奈緒は緊張した女衆の仕草に視線をやりながら話を続けた。

「これからも紅花の取引の場を江戸にせよと申すか」

「はい」

　と頷く奈緒に利次郎が、

「ご家老、それがし、紅花のことも商いのことも存じません。されど、奈緒様の考えに惹かれます。関前藩の紅花は始まったばかりです。京には、奈緒様が手掛けられた山形の最上紅をはじめ、諸国から紅が集まってきて、質も値も定まっておりましょう。ならば、商いがほとんどない未知の江戸で勝負をするというのは、おもしろい考えではございませんか」

と言い出した。

中居半蔵が腕組みして考え込んだ。

口出ししたのは不味かったかな、と利次郎が考えたとき、

「そなたらの考えには一理ある。関前から京のほうが半分ほどの行程で荷を届けられよう。だが、値を叩かれては、運び賃を浮かした利などふっ飛んでしまう。それにだいいち、わが藩には江戸に定期的に向かう便船がある。わずか十駄の干花などほかの荷と一緒に運べば済むことだ」

と言い出した。

「ご家老様、有難うございます」

奈緒が中居に頭を下げた。

「殿にはそれがしからかような経緯を認めた書状をお出しする」

「私も、江戸の紅花に関わる店へ文を認めてお願い申します」

奈緒も言い、ようやく安堵の表情を見せた。そして、

「利次郎様、お口添え有難うございました」

と礼を述べた。

「いえ、余計なことを申したのではないかと案じておったところです。さすが、ご家老のご賢明なる即断、不肖重富利次郎、感服いたしました」

利次郎がようやく茶碗に手を伸ばした。

「利次郎様、今一つ気がかりがございます。霧子さんは関前に戻られましたか」

いいえ、と利次郎が首を横に振った。

「それにしては利次郎様のお顔がどことなく和やかに見えます」

奈緒が訝しげな表情で利次郎を見た。

「奈緒様は、手相ならぬ顔相も見られますか」

と応じて、

「利次郎、連絡(つなぎ)があったのか」

「ございました、ご家老」

「なぜ話さぬ」

「霧子より文が飛脚便にて参ったのは今朝方です。ご家老にお伝えすべきでしたが、遠乗りに出向かれると聞いて、おそらく奈緒様のところに参られる。ならばそちらで一緒に話を聞いてもろうたほうがよいと考えました」

うむ、と中居半蔵が唸った。

「どこの飛脚屋から出されておった」

「佐土原藩城下の飛脚屋が霧子の文を受け付けておりました」

「佐土原とな。で、文には武者修行の若者について、なんぞ触れてあったか」

「ご家老、奈緒様。霧子は未だはっきりとしたことを摑んでおりませぬ」

と前置きした利次郎は、去川関所の対岸の河原で木刀の素振りを続けた若者の形（なり）や口を利かぬ様子を告げた。

「なに、その若者は口が利けぬのか。ならばわれらが案ずる若者ではなかろうが」

中居半蔵が即断した。

「霧子は、口が利けぬのではなく、口を利かぬよう己に課した結果ではないかと推測しております」

「なぜか」

「薩摩に入るのは至難の業（わざ）とわれらも承知しております。事実、その者がわれらの知る人物ならば、未だ薩摩入りを果たしておりませぬ。霧子は、若者が武士の身分を捨て、口を利かぬようにしたのは、薩摩に入り込むための企（くわだ）てではないかと書いております」

「企てのう」

中居半蔵が首を捻った。

「霧子によりますと、薩摩の国境を警護する外城衆徒なる陰の者もその若者を承知しており、その若者はその一党と騙し合いの最中にあると見ております」

「噂には聞いておったが、このところ外城衆徒なる薩摩の陰の者が他国の国境まで姿を見せおって、横暴な振る舞いをいたすそうな」

最前より二人の会話を聞いていた奈緒が、

「霧子さんが眼をつけられたお方は、間違いなく私どもが承知の若者です。元気でおられるのです。そして、未だ武者修行の決意を失うておられません。そう思われませんか、ご家老様」

「今一つのう」

奈緒の言葉に中居半蔵が唸った。

「霧子は、この人物がわれらの知る若者と確かめてから必ずや関前に戻ると書いてきました。この次の文には、そのことが認められておりましょう。あるいは霧子自らが関前に戻り、われらに報告するのか、どちらかです」

利次郎の言葉に、奈緒も中居も沈黙して考え込んだ。

「利次郎、奈緒、この一件、江戸に知らせるべきか」

中居半蔵が二人に尋ねた。

「いえ、ご家老、時期尚早かと存じます。その者の行動が明らかになってからでも遅くはございますまい」

利次郎が言い、奈緒が頷いた。

三人は期せずして縁側から南の空を見上げた。

高く澄み切った空を鳶が大きな弧を描いて飛翔していた。

その姿が三人には、独り武者修行に出た若者と重なって見えた。

第三章　国境めぐり

一

　薩摩鹿児島から参勤交代で通る筋でもっとも使われたのが、

「出水筋」

だ。

　享保以前は、

「西目（西廻り）と東目（東廻り）」

の海路が使われた。

　西目とは、鹿児島城下から藩内の久見崎、京泊、米ノ津、脇元の湊の一つから海路へ乗り出し、肥前の平戸、玄界灘を経て、小倉、赤間関に到着し、瀬戸内を海路で行くか、山陽道を徒歩で江戸に向かう旅程のことだ。

東目は、川内川河口の京泊湊から日向細島、豊後鶴崎を経て瀬戸内を摂津大坂に到着した。

そのあと、西目、東目ともに中山道か東海道の、どちらかの陸路を辿って江戸入りした。

西廻りをとった場合、鹿児島城下から江戸まで四百四十八里（およそ千七百五十九キロ）、東廻りは、四百九十一里（およそ千九百二十八キロ）と長大なものであった。

享保以後は、肥後熊本を経由して豊前小倉に徒歩で向かう、

「小倉筋」

の陸路利用が併用された。

ちなみに「出水筋」と呼ばれる薩摩街道は、城下を出ると伊集院、苗代川、市来湊、向田、阿久根、出水、米ノ津を経て、肥後熊本領に入り、水俣、日奈久、八代、河尻に達した。さらに北上し、熊本、山鹿、南関、瀬高、府中（久留米）、松崎を経て山家にて豊前街道に入り、さらに内野、飯塚、木屋瀬、黒崎、小倉と長崎街道を経て大里に至る行程であった。

参勤行列は、徳川時代初期、軍列を模され、各大名がその威信を競ったので大人数となった。

寛永十二年（一六三五）の島津家久の下番時の供人数は千八百八十人を数え、大変な道中費用と日数がかかった。

さらに時代が下った享保五年（一七二〇）の参勤交代に要した費用は、金相場に換算すると一万七千五百二十両であったという。現代の費用に換算するとおよそ十五、六億円であろうか。

薩摩と肥後国境の出水筋、出水郷麓の台地には、薩摩国の最大の外城、出水郷麓の武家屋敷が設けられてあった。

北への備えである。

御仮屋を中心に百五十戸の武士団が常駐して守りを固めていた。米ノ津川右岸を川沿いに東へ行くと、

「野間関」

が設けられていた。

古書『三国名勝図会』に、

〈野間原関、鯖淵村、下鯖淵にあり、此地肥後国との分界に近くして、大道通ず故に関を置く〉

と事実だけが短く記されている。

薩摩領内には百か所余りの関所、辺路番所があったが、その中でも一番厳しい調べをなしたのが野間関であった。

猿若、行脚、狂言者、一向宗徒の入国は認められず、身許が知れた浪人、僧侶、医師は麓郷士がそれぞれ案内役になり、宿場順に監視していった。

この野間関を一里北へ向かうと肥薩の事実上の国境、境川があった。

境川に架かる橋はなく、飛び石が橋の代わりだった。

秋が深まった時節、肥薩国境の境川に一人の若者が姿を見せ、近くにある明地で木刀の素振りを始めた。

一途な表情で稽古に打ち込む若者の姿に旅人も眼を留めたが、だれも声をかける者はいなかった。

夜明け前から稽古を始めて、日没近くまで木刀を振って飽きることがなかった。

そんな稽古が始まって四日目、肥後から薩摩の野間関に向かって初老の武家が供侍三人を連れて、通りかかった。

ふと足を止めた武家が若者の動きを見た。

六尺を超える豊かな体付きだが、未だ大人の骨格を見せていなかった。辺りに大小はなく、形（なり）も武士のそれではなかった。

武家は、供侍の一人に赤柄の槍を担がせていた。

腰の持ち物は、鉄地（てつじ）唐草文（からくさもん）金象嵌（きんぞうがん）の鍔の小さな薩摩拵えであった。見る人が見れば、その刀が、

「朱塗鞘鉄金具桐図打刀拵（しゅぬりざやてつかなぐきりずうちがたなこしらえ）」

という曰（いわ）くがありそうな一品と認めたであろう。

塗笠（ぬりがさ）を被った老武士は、境川の手前にある路傍の石に腰を下ろし、供に火打石を使わせ、煙管（きせる）の刻みに火を点（つ）けさせた。

辺りに国分（こくぶ）の香りが漂った。

武家は薩摩藩八代目藩主島津重豪に仕えた重臣であった。

重豪は宝暦（ほうれき）五年（一七五五）に薩摩藩主を襲封し、安永から天明期にかけて直

仕置体制を強化し、藩政改革を試みた人物であった。

一方で藩校造士館、武芸稽古のための演武館を創設し、医療技術養成のための医学院や、暦の作成と天文観測のための明時館を設けて、文武の育成を図った。さらには薩摩の歴史、動植物、言葉を見直す開明的な政策を手掛けた。

だが、このために藩財政は逼迫していった。

この重豪の三女茂姫が家斉の御台所になり、天明七年（一七八七）、隠然たる力を藩内に残したまま重豪は隠居して栄翁と号した。

武家はこの重豪の御側御用を務めていたが、重豪の隠居に伴い、自らも暇を頂戴し、薩摩領内の私領主、一所持の身分に戻っていた。

藩主齊宣からの命により肥後熊本の細川家を訪ねた帰路、国境に差しかかったところだった。

武家の名は渋谷重兼といった。

三人の供は、主の背後に黙って立って小揺るぎ一つしなかった。

老武家は、一服を愉しみながら若者の動きを見ていた。

（東国者か）

と渋谷重兼は判断して、

（連れは出てこぬな）

と考えていた。

重豪が隠居を決めた折り、

「重兼、齊宣は未だ若い。そなたが後見方を務めてくれぬか」

と命じられた。

齊宣は、安永二年（一七七三）の生まれゆえ、そのとき十五歳であった。

だが、重兼は、

「殿、奉公は一代かぎりに御座候（ござそうろう）」

と固辞した。

その後、重豪が藩政に口出しするようになったとき、「院政」が成功した例（ためし）はなしと、遠くからどこか苦い想いで見ていた。

こたびの熊本行きを齊宣に願われたとき、若い当代のために働くべく動いたのだ。

齊宣の命とは、薩摩の国境を長年守護してきた外城衆徒が肥後領内に度々出入りして無法を働くという熊本藩の苦情の対応に、

「島津重豪の元御側御用」

として出向いたのだ。細川家にとって隠居とはいえ重豪の名は、ただ今二十三歳と若い藩主より重みがあったということだ。

秋の陽射しが急に傾いてきた。

だが、老武家が立ち上がる気配はない。

家臣も先を急がせる様子もない。

老武家は沈黙のうちになにかを待っていた。

家臣は主の行動には必ず意味があることを承知していた。ゆえに口出しなど決してしなかった。

辺りの気が乱れた。

殺気が走った。

(この殺気は)

渋谷重兼は、現役の頃国境を歩いた折りに経験したのと同じ危険な臭いを嗅ぎ取った。

「外城衆徒かのう」

と呟いた。

渋谷重兼は、重豪に伴って、幾たびも参勤交代に加わり、諸国を承知していた。また何年にもわたり江戸藩邸で用人を務めたこともあった。ゆえに江戸の事情にも詳しく、江戸言葉も自在に話した。さらに、重兼の長子が江戸藩邸で御番衆頭を務めていた。

「国境とはいえ、山ん者がまた肥後領内に立ち現れましたか」

供の一人、近習(きんじゅ)の宍野六之丞(ししのろくのじょう)が主に応じた。

「この怪しげな殺気は間違いなかろう」

「あの若者の命を狙うておりますか」

「六之丞、あの若者は何者と思うな」

「武家の出にございますな」

江戸藩邸育ちの宍野六之丞は即答した。

「腕はどうみた」

「未だ本当の力を見せてはおりますまい」

「なにゆえあの若者、外城衆徒どもに命を狙われておるか」

「殿、分かりませぬ。されど、外城衆徒が狙うのは薩摩入りを狙う他国者にございます。考えまするに、これまでに薩摩入りを何度も試み、外城衆徒どもに見咎(みとが)

められたのではございますまいか」

「では、なぜさっさと国境を越えぬ。あの者の力をもってすればさほど難しいことではあるまいに」

「はて」

　六之丞が首を捻った。

　主従ともに、幕府の密偵ではあるまい、と咄嗟に考えていた。あまりにも若いと思えたからだ。

　辺りの様子が変わった。

　若者が稽古をやめた。

　その瞬間、若者が主従のいるほうに顔を見せ、四人に向かって会釈を送ったのだ。それは稽古の最中に己を注視する人士がいたことを承知している会釈だった。

　秋の夕暮れの中、稽古を終えた若者は清々しい顔付きを見せていた。

（なんと十六、七か）

　重兼はあまりの幼さに驚いた。

　突然、薩摩側から川を飛び石伝いに渡って、二人の武芸者が若者に歩み寄ってきた。

外城衆徒は、目撃者がいることを畏れたか、なんと他人の力を借り受けようとしていた。これまた珍しいことであった。

(若者と外城衆徒は、六之丞が言うように、なんぞ曰くがあるようじゃ)

「小僧、そなたの命、もらい受けた」

武芸者の一人がいきなり言った。

背丈は五尺六寸余か、武芸者もまた東国者かと渋谷重兼は予測した。

もう一人の仲間は六尺余の背丈で、胸の厚い巨軀であった。手には枇杷材と思しき長さ四尺数寸の太い木刀を手にしていた。

若者が黙したまま頷いた。

「そのほう、口が利けぬそうな」

渋谷重兼は、その言葉に驚いた。

口が利けぬ者が、薩摩潜入を企てておるのか。

「まあ、よい。口が利けぬか、わざと口を利かぬようにしておるのか知らぬが、わしが真のところを探り出してみせよう」

と言った男が刀を抜いた。

重兼は、外城衆徒が薩摩入りしようとした旅の武芸者二人を利用して、若者の力量を知ろうとしているのかと推測した。

二尺三寸ほどの定寸の刀を正眼に構えた。

「鹿島新当流諸口三郎助」

平然と名乗りを上げ、もう一人の巨軀の武芸者も、

「片山伯耆流足引甚左衛門則次」

と仲間に従い、姓名と流儀を告げると、枇杷材の木刀を上段に構えた。

一方、しなやかな体の持ち主の若者は、二人の対戦者に会釈を返しただけで、木刀を正眼に置いた。

「ほう」

渋谷重兼が思わず唸った。

並みの腕前ではなかった。

一対二の対峙は長く続いた。

口が利けぬという若者の木刀が、二人の動きを静かに封じていた。

どれほどの時が過ぎたか、月明かりが三人の静かなる対決をくっきり浮かばせていた。

若者は自ら仕掛けることはないと、重兼は見た。

相手を動かして、

「後(ご)の先(せん)」

で対応するつもりか、歳にしては大胆極まりない策だった。

不動の対峙に焦(じ)れたのは、二人の武芸者を雇った者たちだった。

突然、弦音が重なり合って響き、月明かりの下に幾筋もの黒い矢が若者めがけて飛来した。

若者はその場から逃げようともせず、まるで舞うように優雅な動きで木刀を振るった。

飛来する短矢が木刀の動きで次々に叩き落とされた。

「おのれ、余計なことをしおって」

と怒りの声を雇い主の外城衆徒に向かって発した諸口がするすると間合いを詰めると、その踏み込みの中で正眼から脇構えに変えた刀を若者の胴へと流れるような動きで伸ばした。

迅速な刀捌(かたなさば)きだった。

だが、若者のほうが素早さでは上だった。

矢を叩き落とした木刀を、胴打ちに来る諸口の刀の峰を押さえ込むように叩いて流すと、さらに木刀を回転させて老練な武芸者の肩口に落とした。

鎖骨が折れる音が境川に響いた。

次の瞬間、若者が巨軀の足引の内懐に飛び込むと、太い木刀を握る手首を叩いていた。

勝負は一瞬の間についた。

若者は、
ぽーん
と後ろに飛び下がった。

二人の武芸者は茫然自失し、痛みを堪えて立ち竦んでいた。

「ふうっ」

渋谷重兼が感嘆の呻き声を洩らした。

不意に弓弦の響きがした。

二人の武芸者の体に短矢が次々に突き刺さった。

「お、おのれ」

「騙しおったな、下郎ども」

二人の口から外城衆徒を詰る言葉が吐き出され、体が揺れ動いて、

どさり、どさり

と地面に崩れ落ちた。

次の瞬間、最後まで姿を見せなかった外城衆徒一党も、そして、二人と対決した若者の姿も、肥後と薩摩の国境の境川から消えていた。

戦いの目撃者である渋谷重兼ら四人だけがその場に残された。

「殿」

「高すっぽめ、やりおるのう」

と渋谷重兼が言った。

「何者でございましょう」

「はてのう」

と応じた重兼が、

「六之丞、野間関の役人を呼んで参れ。死者二人を薩摩街道に放置しておくわけにもいくまい」

と命じ、承った近習が月明かりを頼りに夜道を走り出した。

四半刻後、六之丞に伴われて野間関の関所役人が灯りを灯し、戸板や莚を持った小者らとともに姿を見せた。

そのとき、旅の武芸者の体から抜き取られた外城衆徒の矢と、若者が木刀で打ち砕いた矢は境川の流れに投げ捨てられて消えていた。

「おまんさぁ、勝負ば見たというがほんのこつね」

関所役人が渋谷重兼に灯りを突き出しながら尋ねた。そして、

「ああー」

と驚きの声を上げた。

「麓館の殿様」

渋谷重兼は、薩摩藩の元重臣であると同時に薩摩領内に私領を持つ、

「城主」

であった。

「六之丞、経緯を説明せよ」

主の言葉に俄然野間関の役人の態度が変わった。

六之丞は提灯の灯りに浮かんだ二つの骸から短矢がなくなっていることの意味を察して、若者と二人の武芸者の尋常の勝負であったと説明した。

藩の元重臣が目撃していた戦いだ。

関所役人は言葉どおりに聞くしかない。

「骸の始末を願おう」

渋谷重兼が立ち上がり、供を連れて薩摩の野間関所へと歩き出した。

(あの若者、対等の勝負などとは思うてはおるまい)

と考えていた。

出水筋の路傍から秋の虫が集く音が重兼の耳に届いた。そして、渋谷重兼は、

(いつの日か、あの若者と再会する)

そんな気がしていた。

だが、薩摩国境は外城衆徒の所為ばかりではなく、薩摩藩の書き付けなくして入国は難しかろうとも思い直した。

二

晩秋を迎えようとする頃、若者の姿は薩摩街道の佐敷を経て、人吉の城下へと向かう人吉街道にあった。

そろそろ浄心寺帯刀と約定した、

「三月後」

が迫っていた。

若者と一夜を過ごしたゆえに、帯刀の父、妹、弟が飫肥領内矢立峠の尾根道で外城衆徒に襲われ、命を失った。その亡骸三体が未だあの尾根道に残っていた。

若者にとって武者修行に出て、初めての後悔だった。

なんとしても新左衛門らの遺骨を身内の元に戻さなければならない、それが若者の果たすべき使命であり償いであった。

それを果たさないかぎり、若者は薩摩入りの行動を起こせなかった。

この三月ほどの間、日向、肥後側の山道、峠、杣道、獣道をいくつも己の眼で見てきた。その行動は常に外城衆徒らによって監視されていた。

だが、若者が薩摩の国境へと一歩も踏み込まないゆえ、山中で攻撃を仕掛けてはこなかった。しかしながら薩摩街道の野間関近くの境川では、若者の力量を見るためか、旅の武芸者二人を雇い、若者を襲わせた。

若者が二人の武芸者との戦いに勝ちを得ると、外城衆徒は非情にも敗れた武芸者二人を短矢で射掛けて殺し、口を封じた。

むろん陰の者たちは姿を見せなかった。

だが、若者はその残酷極まりない行動は外城衆徒とか山ん者とか呼ばれる陰の者の仕業と確信していた。

外城衆徒らの狙いが、主に幕府の密偵と一向宗布教のために薩摩入りしようとする「隠れ念仏」に向けられていることを、若者はこの三月近くの間に学んだ。

若者は武勇の聞こえ高い薩摩に剣術修行に行こうとしていた。だが、それを外城衆徒は許さなかった。

若者にとっても、矢で射殺したように見せかけて実は毒を飲ませた鹿の肉を己に食させて殺そうとした行為と、その夜に矢立峠の山小屋で出会った浄心寺新左衛門ら無辜の三人を殺害した行いを許すわけにはいかなかった。

もはや若者と外城衆徒の関わりは、どうにもならない敵対関係に至っていた。

若者が薩摩入りするためには外城衆徒との対決は避けられなかった。

若者も新左衛門らの、

「仇」

を討つために外城衆徒を生かしておくわけにはいかなかった。あの矢立峠の尾根道で三人の遺骸に誓ったことだった。

外城衆徒を斃して薩摩入りしたところで、若者の目的、薩摩の御家流東郷示現流を学ぶことが許されるかどうか難しい、と若者にも察しがついた。

だが、武者修行を決めたときから薩摩での剣術修行は、通過せねばならない、

「第一歩」

だった。それを避けて若者の武者修行はあり得なかった。

外城衆徒を斃し、かつ薩摩入りして御家流の東郷示現流を学ぶ。若者は難しい選択を迫られていた。

だが、今は人吉藩領内球磨郡宮原村に戻り、遺骸を仮葬した尾根道まで案内する役目に専念しようと心を決した。そして、できることなら人吉藩の城下で、タイ捨流も見学できたらと考えていた。

若者は東郷示現流がタイ捨流の丸目蔵人と関わりがあることを旅に出る前には知らなかった。そのことを教えてくれたのは、球磨川沿いの一勝地谷の名主で一夜の宿を若者に与えてくれた老人だった。

球磨郡宮原村への道に人吉街道を選んだのは、そのような経緯があってのことだった。

薩摩街道の佐敷から人吉の城下まで七里八丁（およそ二十九キロ）だった。あの肥後と薩摩の国境の境川から若者はゆっくりと夜道を歩き、昼間は陽射しのあ

る木陰や神社の回廊を借りて仮眠をとった。

他国を通る人吉街道に薩摩の外城衆徒が姿を見せることはない。それだけに若者は、いつもよりゆったりと歩を進めた。


鎌倉時代以降、六百年近くも相良氏が人吉盆地を支配してきた。

一族は鎌倉時代の初め、遠江国の御家人相良長頼が肥後国人吉荘の地頭に任ぜられて以来、球磨川と胸川が合流する地点に相良氏の居城を定めてきたのだ。戦国時代、相良氏は、海への出口の葦北郡も支配下に置き、八代や天草にもその版図を広げていた。

だが、隣国薩摩との戦いの中でその軍門に降り、豊臣秀吉の島津攻めに際して島津軍に与したために秀吉の怒りを買い、球磨郡二万二千百六十五石に領地が減じられた。また関ヶ原の戦いでは、当初人吉藩は西軍に加わったが、ある家臣の忠言を聞き入れて東軍に参戦した。この機転が功を奏し、徳川幕府の治世下になってもその石高は安堵された。

若者が訪ねようとしている人吉藩の藩主は当時、十二代相良壱岐守長寛であった。

偶然にも若者は人吉の総氏神（そううじがみ）青井阿蘇（あおいあそ）神社の鳥居の前に出た。すると境内（けいだい）から、

「ハッケヨイ」

と相撲の行司（ぎょうじ）の声がしてきた。

祭礼か、相撲が行われていた。

若者は茅葺（かやぶき）の参籠門（さんろうもん）の前で拝礼すると、門を潜（くぐ）った。

こちらも見事な茅葺の拝殿前に大勢の人々が土俵を取り囲んで、相撲を眺めていた。

若者は六尺を超える長身だ。どことなく長閑な雰囲気だと思いながら人の頭越しに覗（のぞ）くと、子供相撲だった。

若者は、拝殿に深々と頭を下げて拝礼した。すると鶏（にわとり）の群れが人の集（つど）うのがよほど嬉しいのか、足元を興奮した動きで歩き回って餌を拾い食いしていた。

人吉城下の長閑さが若者の心を和ませていた。

慶長十四年から十六年（一六〇九〜一一）にかけて初代藩主の相良長毎（ながつね）が再興したという拝殿、幣殿（へいでん）、廊（ろう）、本殿も趣（おもむき）があった。

この三月、若者が経験したことのない穏やかな時の流れだった。

子供相撲を見物しながら焼酎を楽しんでいる親や老人たちがいた。

若者も参籠門の下から子供相撲を眺めることにした。

「兄ゅ、どこから来たとな」

若者に女衆が声をかけた。

咄嗟に口を開きかけて、

「ああー」

と言葉にならない音で応じ、仕草で口が利けないことを告げた。

「なんち言いなはるな、口が利けんと。耳は聞こえるな」

若者は頷いた。

未だ人吉城下を若者は知らなかったが、球磨川を挟(はさ)んで南側に武家町があり、北岸に町人町が築かれていた。

「焼酎を飲みきらんね」

女衆の親切に若者は首を横に振って断ると、

「未だ若かごたるもんね。ならば、きび団子を食わんね」

と手造りと思えるきび団子をくれた。

若者は頭を下げてきび団子の礼をした。

若者は一日一食と決めていた。

腹の空く刻限だった。

きび団子には、黒砂糖で甘味が付けられ、実に美味だった。

若者が美味いと仕草で言った。

「きび団子が美味いちな。腹が減ってとらすと」

女衆は親切にも重箱に詰めた料理を若者に勧めた。

「だいな」

焼酎に酔った男衆が女子に尋ねた。

「口が利けんとよ、旅をしとるげな。難儀たいね」

女衆の言葉に亭主か、

「あんたさん、人吉に初めて来られたと。領内に知り合いがおるとね」

と訊いた。

若者は、地面に指先で、

「宮原村浄心寺帯刀様」

と書いた。

「うむ、百太郎溝の名主さんば、あんたさん、承知ね」

若者が頷いた。

百太郎溝の名主と男衆が呼んだ宮原村の浄心寺家まで人吉から五里余り、わずかな距離だ。

「待ちない。あんたさんね、隠居の新左衛門さん方の骸を矢立峠の尾根道で見つけた旅の人は」

若者が頷いた。

「兄ゅはん、名主どんの家に戻るところね」

うんうん、と若者が頷いた。

「かかあ、こん人にしっかりと飯ば食わせない。薩摩の山ん者に殺された隠居の遺品ば持って百太郎溝の名主さんまで届けた侍たい」

「こん人が侍な」

女衆が若者を改めて見た。腰に短い山刀、手には木刀を持った形だ。とても一廉の侍の姿とは思えなかった。

「帯刀どんがくさ、こん人は三月後に戻るち、文ば残して行かれたげな。そん折り、刀も持ち物も百太郎溝の屋敷に置いていかれたと。こん人、矢立峠まで案内するために戻ってきたとやろ」

男衆の言葉に若者が頷いた。

「あしの家と百太郎溝の名主屋敷とは代々の付き合いたい。うちの先祖は免田村の出じゃけんな、大工の福治といえば百太郎溝の名主どんは分かろうもん。お互いよう承知ばい」

と説明した福治が、

「おゆうさんが言いなはった。あんたさんは十六じゃったね」

と言い、

「焼酎は飲みきらんならたい、めしば食いない」

と女子衆が丼に盛ったためしと菜を勧めた。

若者は合掌して礼を述べると、ゆっくりと噛んで食した。

「あんたさん、人吉に用があるとな」

めしを食う合間に若者に関心を持った別の男衆が訊いた。

若者は丼と箸を丁寧に揃えて置くと、地面に、

「タイ捨流道場」

と書いた。

「なんな、タイ捨流の丸目道場を訪ねたかと。道場破りな」

福治の問いににっこりと笑って若者が首を横に振って否定し、

「稽古を拝見したし」

と認めた。

「おゆうさんの言いなはるとおりたいね。あんたさんは、間違いなか、侍の血筋たいね」

「こげん形(なり)ばなんでしとるとやろか」

亭主の言葉に女房が若者を見ながら呟いた。

「そりゃ、あれこれ事情があろうたい」

と応じた亭主が立ち上がり、

「おい、丸目先生、ちいとこっちに来んね、話があると」

と叫んだ。すると行司装束の男が、

「福治親方、この一番の決着をつけるまでしばし待て」

と応じて、子供相撲の二人に注意を戻して軍配を翻(ひるがえ)した。


この日の夕暮れ、若者は子供相撲の行司を務めていた丸目種三郎(たねさぶろう)に伴われて球磨川の南へと渡った。

橋の真ん中から人吉城が望めた。

外様大名二万二千石にしては石垣も立派なら、球磨川沿いに三の丸、二の丸、丘陵上に本丸が築かれた人吉城は優美で、別名繊月城、あるいは三日月城とも呼ばれ、難攻不落の城に思えた。

相良氏の拠点の人吉は、球磨地方一円からの物産の集散地として栄えた。また山間の盆地の新田開発が行われて、新田だけの石高で公の表高に近い二万一千石を得ていた。若者はそのようなことをなにも知らなかった。

また盆地の北東部の免田村などには百太郎溝など、灌漑用水が敷かれて増産が進んだ。

青井阿蘇神社で会った福治が浄心寺家のことを、

「百太郎溝の名主」

と呼んだのは、屋敷のそばを百太郎溝が流れているからだ。

盆地の人吉を大きく変えたのは、町人林藤左衛門であった。

藤左衛門は、寛文二年（一六六二）に私財を投じて急流の球磨川開削に乗り出し、三年がかりで八代や佐敷湊まで舟運が通えるようにした。これにより人吉の物産の下駄木、木地椀、焼酎などが大量に運ばれて摂津方面で売られるようになった。

人吉は表高二万二千石以上の実入りがあったのだ。

タイ捨流の創始者丸目蔵人の直系の血筋かどうかは知らぬが、丸目姓を名乗る人物は人吉藩相良家の中士身分の御番衆だと若者に説明した。

子供相撲が終わったあと、見物の男衆に交じって丸目種三郎は焼酎を飲んだせいか、体がゆらりゆらりと気持ちよさげに揺れていた。

「そなた、なかなかの腕前と見た」

丸目は江戸藩邸勤番の経験があるのか、東国言葉で話した。最初から若者をこの界隈の出ではないと見ていた。

若者は黙って首を横に振った。

「今晩、うちに泊まれ。朝稽古に加われればそなたの腕前が分かる」

種三郎が言った。

若者はただ頷いた。


翌朝、タイ捨流丸目道場に人吉藩士らが三十数人集まってきた。

丸目種三郎が若者を門弟衆に紹介した。

「この若い衆は口が利けぬ。じゃが、剣術家になりたい気持ちが強く、武者修行の最中にあるそうな。タイ捨流を知りたいと望まれたゆえ、わしが招いた。わしの見立てでは、それなりの腕と見た。だれぞ相手をしてみぬか」

と道場主の丸目種三郎は門弟衆を見廻した。

「師匠、武士でござろうな」

「間違いなか、又次郎」

「わしが相手をしたか」

又次郎と呼ばれた藩士が若者に視線を向けた。若者より歳は三つ四つ上に思えた。背丈は五尺七寸余、背筋がぴーんと伸びた青年武士だった。この又次郎もまた江戸勤番を経験していると思えた。

「わしが行司方を務めよう」

丸目種三郎自ら審判を名乗り出た。丸目も、この若者が醸し出す緊張感と同時に長閑な風貌と表情に関心を抱いたからだ。

丸目は若者に向かって、

「名無しどん、相手の常村又次郎はタイ捨流を七つのときから学んだ藩士たい。わが道場でも五指に入る。得物は竹刀とする、よいな」

木刀一本を携えて旅する姓名不詳の若者に命じた。竹刀が用意され、若者は一本を借り受けた。

頷いた若者が審判の師匠に一礼し、相手の常村又次郎にも丁寧に頭を下げた。

「勝負は三本。二本を取った者の勝ちとする」

二人が竹刀を構え合った。

おや、という表情を見せたのは常村又次郎だ。相手の構えが茫洋としてつかみどころがなかったからだ。

若者も常村又次郎の構えに、人吉のタイ捨流の、

(力量恐るべし)

と感じ取っていた。

互いに見合っていた両者が同時に仕掛けた。常村又次郎は若者の小手を狙い、若者は正眼から相手の面に落とした。

一瞬早く常村の小手が決まった。

「又次郎、小手一本」

二人は元の位置に戻り、構え合った。

丸目種三郎は、名無しの若者の力量が又次郎より格上と見ていた。だが、力を抜いているふうには見えない。二本目もあっさりと又次郎の胴打ちを喰らって負

けた。

床に正座した若者が深々と又次郎に一礼して負けを認めた。

朝稽古を終えたとき、丸目種三郎は若者を探した。いつの間にかその姿は消えていた。

「師匠、あの者、力を隠しておりましたな」

と相手をした又次郎が師匠に言った。

「いや、そうではないぞ、又次郎。おぬしの巧妙迅速な捌きに翻弄されたのだ。おぬしのほうが一枚上だ」

評したのは師範の市房平右衛門だ。

丸目種三郎は、師範の市房の言葉をただ聞いていた。


その頃、若者は球磨川を遡り、人吉街道を宮原村へと急いでいた。

若者は丸目道場に昔ながらの古流タイ捨流が伝わっていることを感じ取っていた。

だが、今若者が向かう先は、薩摩であった。その前にやらねばならぬことがあった。ゆえに、丸目道場で秘めたる力を見せることをよしとしなかった。そのことが若者の胸の中に居心地悪くあった。

いつの日か、改めて人吉藩のタイ捨流道場を訪ねて、丸目種三郎や常村又次郎に詫びようと考えていた。

若者は逃げるように人吉から球磨川沿いを遠ざかっていった。

三

若者は約定どおり三月後に百太郎溝のそばの浄心寺家に戻って来た。

門前に立った若者を迎えたのは、ゆうだった。

無精髭（ぶしょうひげ）が伸び、蓬髪（ほうはつ）に汚れた衣服姿の若者をしばらく黙って見ていた。瞼（まぶた）が潤みそうになるのを、ゆうは堪えた。

若者は全身に過酷な旅の名残りをとどめていたが、顔には笑みを湛（たた）え、両眼はきらきらと輝いていた。

充実した三月を過ごしたのだろう、とゆうは思った。そして、最初の出会いより若者が逞（たくま）しく成長していると思った。

「兄ゅ、戻ってこられたと」

姉が悪戯ざかりの弟を見るような眼差しで、ゆうが言った。

ぺこり、と頭を下げた若者の手を取ったゆうが、

「ああ、臭かね」

と鼻を摘まんだ。

「待ってくれんね。風呂を沸かすたい」

若者は首を横に振り、裏の流れで体を洗う仕草をした。

「もう冬が近かとよ、寒かたい」

(かまいません)

という表情でゆうに頷き返した。

ゆうは陽射しを確かめ、この気温ならば大丈夫かと慌てて屋敷へと引き返した。

若者の着替えを仕度するつもりらしい。

厩から馬が蹄で羽目板を蹴り、嘶く気配に、

(喜んでくれる生き物がいる)

と若者は思った。

若者は土間を抜けて台所に出た。

いくつもの竈が並び、女衆が夕餉の仕度をしていた。

「なんね、乞食(こつじき)さんね」

と若者を睨(にら)んだ年配の女衆が、

「ああ、あん若衆たい、戻ってきたとね」

と気付いてくれた。

ここでも会釈をした若者に、

「髭ば剃ってくさ、そん伸び放題の髪ばなんとかせにゃなるめえたい。おかんさん、あんた、亭主の髪ば切ると言いよったね。この若い衆の髪ば切ってくれんね」

と浄心寺家の女衆頭が仲間に命じた。

「こりゃ切り甲斐(がい)があるたい」

おかんと呼ばれた女衆が鋏(はさみ)を取りに行った。

若者は台所を出ると、戸口の向こうにある竹林の下を流れる百太郎溝からの分流を眺めた。

秋から冬へと、季節はいつの間にか移ろおうとしていた。

若者は石段で腰に差した山刀と木刀を抜いて洗い場に立った。破れて汚れ放題の衣服を脱ぎ、褌一つで流れに足を浸けた。胸から革袋を提げていた。それが褌以外で若者が身に着けている唯一のものだった。

人吉から五里余り球磨川沿いを遡ってきた足が熱を持っていた。草鞋を脱ぎ捨てて裸足を水に浸けると気持ちがよかった。

浄心寺家に飼われている猟犬が二匹、若者が戻ってきたことに気付いたか、寄ってきて若者の体に鼻をこすりつけ、匂いを確かめた。

若者は猟犬らの頭を撫でた。

そこへゆうが着替えを、おかんが古着の浴衣と鋏を持って姿を見せた。

「おゆうさん、褌一丁たい」

「そんぼろ浴衣ば着せて、こん木株に座らせんね」

ゆうの指図に従い、若者は、庭の木株に座らされた。

古浴衣を着せられた若者の総髪は紐で結ばれていたが、おかんが手際よく紐を解き、伸び切った髪を切り始めた。

「明日にも多良木から髪結を呼ぼうたい。今日は伸び切った髪ばくさ、切り揃えて後ろで結わえておこうかね」

ゆうの命じる髪におかんが切り揃えた。

そこへ小女が湯を張った木桶を運んできた。おかんは若者の無精髭も剃り上げ

るつもりか、湯に手拭いを浸けて固く絞り、若者に、

「顔にあてんね」

　と渡した。

　若者は温かい手拭いを受け取り、顔にあてた。旅の疲れが急に出てきたようで、なんとも気持ちがよかった。

　若者は気持ちよさげにゆうたちに身を委(ゆだ)ねていた。

「おゆうさん、こん若衆、どこば旅してきたとやろか」

「だいにも分からんたい」

　と答えたゆうだが、この若者は念願の、

（薩摩入りをしたとやろうか）

　と思った。だが、そのことをこの場で口にすることはなかった。

「もうよかろ」

　おかんが日に焼けた顔に椿油(つばきあぶら)を薄くのばしてつけ、器用に剃刀(かみそり)を使って若者の無精髭を剃っていった。

「こん若衆、前よりも顔付きが大人になっとるたい」

「正月がくれば十七やもんね。大人の体になってん、不思議はなかろ」

「こん若衆、乞食暮らしをしとったとやろか。形は汚れとるばってん、髭を剃った顔は爽やかと。なんでやろか」

おかんが首を捻った。

口が利けぬ若者は女たちの話を聞いているのかいないのか、ただじいっと身を任せていた。

「育ちやろね」

「乞食さんに育ちがあると」

「おかんさん、こん若衆、乞食じゃなかと。武者修行の若武者たい」

「そやったね。こん人、薩摩に入ったとやろか」

若者はにこにこと笑って女たちの話を聞いていたが、首を横に振った。

「やっぱり薩摩に入りきらんとね。薩摩には、隠居さんとおこうさんと次郎助さんを殺したあん山ん者がおるけんね」

おかんが恐ろしげに薩摩の方角に視線をやった。

いつの間にか若者の髪が切り揃えられ、無精髭もさっぱりと剃り上げられた。

若者は木株から立ち上がると、古浴衣を脱ぎ、胸の革袋を外して木株に置いた。

革袋は汗に塗れていた。

よほど大事なものか、武者修行の若者は三月前、侍の魂の大小も旅の衣服も道中嚢も浄心寺家に残していった。携えて出たのは弟の遺品の山刀と木刀と、革袋だけだった。

革袋はゆうも初めて見るものだった。

「お守りな」

ゆうが思わず訊いた。

その言葉に頷いた若者が、革袋の紐をゆるめて中からお守りを出して見せた。

御守り札には、

「豊後国関前神社」

とあった。

「兄ゅはん、関前からございたと」

若者がしばし沈思したあと、こくりと頷いた。

「東国者と思うとったと」

若者が革袋にお守りを戻そうとしたとき、油紙に包まれた小さな紙片がゆうの足元に落ちた。

ゆうが拾い上げ、文だと気付いた。そのゆうの表情を見た若者が、足元にしゃ

がむと、

「母上の文」

と棒きれで地面に書いた。

「ああ、母さん(かか)がお守りと文を持たせたとな」

若者は素直に頷いた。

「母さんも案じとられるばい。口も利けんでくさ、薩摩に入ろうなんち、無茶たい」

髪を切ったおかんが言った。

それから若者は石段を下りて流れに身を浸した。それを見て、ゆうとおかんがにっこりと笑いかけた。

「こん若衆、母さんにむぞがられちょるたい」

「うう、心配しておられるとなかろか」

二人の女が話し合うのをよそに、若者は旅の汚れを冷たい水で洗い落とした。

「名無しどん、着替えはここに置いとくと」

とゆうが言い残しておかんと一緒に、水浴する若者のそばから離れた。

若者は武者修行に出て十数日後、道中嚢に入れられた革袋の中に母の文と関前神社のお守り札を見つけた。

母は知らぬふりをしていたが、若者が旅仕度を密かになしていることに気付いていたのだ。道中嚢のわずかな荷の手拭いの間に革袋はあった。

文には短く、

「息災に戻ってきなされ。いついかなるときも父も母も妹も皆の衆もそなたの帰りを待っております」

とあった。そして、追記として、

「この文がそなたの行動を阻(はば)まぬことを母は密かに願うております」

とも認められていた。

若者は切り揃えられた髪を水中に浸けて、

(母上)

と胸の中で呼んだ。


水浴を終えた若者がさっぱりとした衣服に着替えて浄心寺家の台所に戻ると、

「あんたさん、旦那さあが座敷で待っとらすたい」

と女衆頭が若者に言った。

若者から旅塵に汚れた衣類を受け取ったおかんが、

「こりゃ、ただんぼろたい」

と臭いに閉口した顔を見せた。

軽く頭を下げた若者は浄心寺家の奥座敷に通った。そこには当主の帯刀が待ち構えていた。

「よう戻ってござった」

との挨拶に会釈を返した若者は、仕草で仏間にお参りしてよいかと許しを乞うた。

当主が頷くと若者は仏間に座し、三月以上も前に亡くなった隠居の新左衛門、娘のこうと末子の次郎助に線香を手向け、合掌した。

若者が帯刀の前に戻ると、帯刀が、

「兄ゅ、豊後関前の関わりの者な」

と尋ねた。ゆうから聞いたのだろう。

若者はただ頷いた。

帯刀はそれ以上そのことを問い質すことはなかった。

ゆうが若者のかたわらに筆、硯、紙束を運んできた。返事は紙に書けということであろう。

「どこに行っておったな」

若者はすでに墨が磨られていた硯に筆先を浸し、紙に、

「薩摩との国境」

と認めた。

「なに、あんたさん、峠に入ったと」

驚きの声を洩らした帯刀が、

「あんあと、山ん者とは会わんかったな」

若者は、幾たびも、と記した。

「ひっ魂消ったばい。よう、怪我もせんと戻ってござった」

帯刀が驚きの顔で言った。

にっこりと若者が微笑んだ。

「おゆう、こん若衆に飯ば食べさせない。こん三月で、墓わらぎめになっとるたい」

墓わらぎめとは、痩せっぽちのことだ。

「旅の間、ろくな飯は食うとらんごたる」

若者が紙片に筆を走らせ、帯刀に見せた。そこには、

「いつ矢立峠に向かいますか」

とあった。

「ほんしきな冬が来る前に行きたたか。ばってん、あんたさんの体がもとに戻ってからたい。十日あとやろう」

と言う帯刀に、

「私は明日にでも発てます」

と若者が紙に書いた。

「いいんや、いけんいけん。あんたさんが体を休めてくさ、そいから案内ばしてくれんね」

若者は帯刀の言葉をしばし沈思し、

「三日後に」

と認めた。

「あんたさんなら三日でん、元気になろうたい」

帯刀が了解した。

「名無しどん、あんたさんの父御(ててご)、母御は豊後関前におらすか」

その問いに対して若者は、

「父母妹は江戸に」

と書いた。

「関前藩の参勤で江戸におられるとな」

帯刀が尋ねると妻のゆうが、

「亭主どん、名無しどんの身許ば訊いてどげんするとですか」

と帯刀の追及の矛先を止めた。

「そいじゃったな」

嫁の考えを受け容れた帯刀が、

「今日はどこから戻ってきたな」

若者は、紙に長々と、人吉で会った人々のことを認めてみせた。それを読んだ帯刀とおゆうが、

「なんと、大工の福治さんに青井さんで会うたとな」

「名無しの兄ゅどん、丸目道場も訪ねとるたい」

「おお、こん人は人に助けられる運ば、持ってござる」

「亭主どん、違う違う。こん若衆がうちの隠居とおこうさん、次郎助さんになし

たことを考えんね。この人がうちに尽くしたことがめぐりめぐって、こん若衆に戻ってきとるたい」

「そげんこったい」

夫婦は若者の行動を漠然と理解した。

「兄ゅ、飯の仕度ばしてくるばい」

とゆうが座敷を去った。

男二人だけになった。

帯刀が若者の顔を正視した。

「兄ゅのこん三月の動きは察しがついた。薩摩に入る、これと思う峠道を探し当てたな」

若者は首を横に振った。

「おかしかと」

帯刀が言った。

「薩摩の国境を守る山ん者はくさ、手形なしの他国者や一向宗徒の隠れ念仏には格別に厳しかと。兄ゅは剣術ば習いに薩摩に入ろうとしとる若衆ばい。国境で断られるとならたい、なんとのう分からんでもなか。山ん者どもはくさ、えろうしつこいたい。そこが、なんとも解せん」

と帯刀が言った。つまり帯刀は、

「別の理由」

があるのではないかと示唆していた。

「兄ゅ、一つだけ薩摩に入る手立てを考えついたと」

帯刀が不意に若者に言った。

若者は帯刀の顔を見た。

「峠道じゃなか。また海の路でもなか。別の手立てたい。おそらくこん方法しかなか。兄ゅ、一度死にない。それしかあん外城衆徒どもを、山ん者を出し抜く方策はなか」

若者の脳裏に言葉が浮かんだ。

(捨ててこそ)

紙片に、

「教えてくだされ」

と認めて願った。

「米良街道を使って飫肥に入り、矢立峠で親父どんらの骸を回収したあとに、兄ゅに猟師ば引き合わせると」

帯刀が若者に約定した。

四

そのとき、霧子は薩摩街道出水筋の野間関の肥後側、境川にいた。

豊後関前を出て長い歳月が過ぎたような気がした。だが、雑賀衆に育てられた霧子にとって、人を追跡して間を詰めることはさほど難しいことではなかった。

だが、こたびに限り、頭を働かせ、勘にも従った。それに比して効果が一向に見えないことにいささか苛立ち(いらだ)ちを覚えていた。

霧子は己に言い聞かせた。

追跡する人物は敵ではない、霧子の「弟」とも言える若者だ。十六にして武者修行に出たゆえか、一定の、

「旅の決まり」

がなかった。

雑賀衆を抜け、坂崎磐音とも関わりの深い元公儀御庭番衆(こうぎおにわばんしゅう)の弥助(やすけ)を師と仰ぎ、

密偵の経験を積んできたものの、その経験則が一切覆され、追跡の間が一向に縮まらなかった。

また追っている人物が、霧子がその行動を確かめようとしている若者本人なのかどうか、未だ確たる証が摑めていなかった。

若者の思いがけない行動が霧子を惑わせていた。

なにより薩摩の険しい国境が霧子をして、あらゆる密偵の技を封じ込めているように思えた。

薩摩国は、鎖国体制を続ける徳川幕府の中でさらに、

「関津策(鎖国策)」

を独自に続ける、

「異国」

だった。

徳川の幕藩体制にあって異端の国だった。

まず江戸から海路でも陸路でも四百里を超え、参勤交代の日数もどの大名よりも長い四十日から六十日を要した。

初期の参勤交代では百五十余日を費やしたことも稀にあったという。だが、幕

府開闢から二百年を経ようとする今、半分以下の日数に短縮されていた。それでも参勤交代の費えは一万五千両に及んだ。

薩摩国は、北に向かって厳しい防備を固めていた。それは、
一に、他国者の侵入、特に公儀の密偵を国境で阻止すること、
二に、一向宗徒の、『隠れ念仏』布教を阻止すること、
にあった。

この二つの阻止行動を、外城衆徒と自ら名乗り、他の者にはただ「山ん者」と呼ばれる薩摩国の士分外の陰の者たちが担っていた。

若者は明らかにこの者たちに追われていた。そのことを知っているからか、若者は敢えて薩摩入国を強行しようとはしていなかった。

(なにか企てがあってのことか)

霧子にも摑みきれずにいた。

ともあれ身内同然の「弟」の薩摩入国を確かめてから、豊後関前に戻る覚悟で亭主のもとを離れたのだ。

だが、その決意が実を結んだとはいえなかった。

肥後、日向の国境に横たわる険しい山並みが若者の薩摩入りを阻み、霧子の追

跡行を妨げていた。

高岡筋の国境去川の関所において、木刀による、

「関所の舞い」

を見せつけられた外城衆徒は、野間関近くの境川で二人の武芸者を若者にぶつけ、その力量を確かめようと企てた。

だが、その企ては若者の木刀の前に一蹴された。二人の武芸者は、外城衆徒と思える面々によって口を封じられた。

若者も外城衆徒一党も、二人の武芸者の骸を境川に残してそれぞれ別方向に姿を晦ましていた。何日も前のことだ。

そのようなことを霧子はこの二日余りの聞き込みで知った。

二人の武芸者の骸は、旅の武家、薩摩藩の重臣と思しき主従が目撃し、野間関の関所役人に知らせて始末をつけていた。

霧子は、高岡の去川関所同様に、野間関近くでの「諍い」の主が同じ人物と感じていた。

（若者はなぜわざわざ薩摩側を苛立たせるような行動を執拗に続けているのか）

確固たる考えがあってのことと思わなければ理解できない行動だった。

霧子はふと、師匠にして「父親」である弥助の言葉を思い出していた。

「探索側を混乱させるのは経験を積んだ密偵の特技にほかならない。だが、密偵の経験が役立たぬことがある。それは素人の思いがけない行動だ。また、考え抜かれた老練な密偵と思い付きの素人の行いが往々にして重なり合うことがある」

若者は本能と勘で、薩摩の国境を二百年近くにわたり護ってきた外城衆徒、山ん者の行動を混乱させているのではないかと思った。

だが結局、素人の行動は練り上げた陰の者の技に、なにより地の利を得た陰の者の非情残酷の前に斃される可能性があった。

霧子はそのことを恐れて若者を追っていた。

綿密な考えがあって薩摩の国境を何度も往来しているのか。その割には、決して薩摩へは一歩たりとも踏み込まずにいるのだ。

若者を知る霧子には、

「慎重」

とも思えたし、

「決断」

に欠ける行動とも思えた。

だが、その背景にはなにか理由がなければならない、と霧子は考えていた。

境川に佇んだままの霧子に訝しさを感じたか、野間関の役人と思える一団が姿を見せた。霧子は、枯れ始めた芒(すすき)の原に身を没して薩摩街道を北へと姿を消した。

若者は百太郎溝が流れる名主屋敷の浄心寺家の納屋で、この三月余の国境歩きで痛めつけた体を癒していた。だが、じいっとして体を動かさなかったわけではなかった。

納屋にある相撲の土俵を借り受け、飽きることなく稽古を続けていた。

その独り稽古を帯刀がふらりと見物に来ることがあった。

この日、日円寺の向居結雁和尚と帯刀は二人して、若者の土俵を使った奇妙な稽古を見物した。

土俵は周りの土間と同じ高さで、直径は十五尺（四・五五メートル）と本式のものだった。

若者は十五尺の円径を利用して、伸びやかな技を披露(ひろう)してみせた。

帯刀の眼にも若者の技は未だ完成の域に達しているとは思えなかった。だが、秘めた力と想像力はわずか十五尺の土俵の円の内側を利用して、

「広大な空間」を造り出していた。そして、しなやかな体に秘められた無限の力を予感させ、無心に稽古する姿は感動を覚えさせた。

「帯刀どん、こん若衆、三月の内に真剣勝負を経験したと思えんね」

結雁が小声で訊いた。

若者は稽古に没頭していた。

「和尚、あしもそげん考えとる」

「血に染まった武芸者の臭いはどこからもせんたい」

「なんじゃろな、こん若衆の剣術はくさ」

帯刀が首を捻った。

「人柄じゃろたい」

しばし沈黙した二人は若者の円の内側に沿った動きを注視した。

六尺に達した背丈はまだまだ伸びると予測された。なにより未だ成人の骨格に達していなかった。

それでいて堂々たる稽古ぶりだった。木刀のひと振りひと振りに魂が籠り、わずかな動きも疎（おろそ）かにせず、意味があった。

「帯刀どん、刀ばこん屋敷に預けておるな」

「帰ってきてんくさ、刀を返せと願うこともせんたい」

「薩摩入りんときくさ、この形で行くとやろか」

「名無しの若衆には、考えがあってんことたい。刀を持参すれば山ん者は決して入国を許さんたい」

「というてん、この杣人ごたる形なら入国を許すな」

「許さんやろな」

「ならば同じたい。刀があったほうがよかろうもん。こん若衆、どげん考えておるとじゃろか」

この屋敷に戻った日、帯刀と若者は薩摩入りの策を話し合っていた。いや、若者が自らの願いを紙に書いて問い、帯刀が答えただけだった。

「和尚、親父どんとおこうと次郎助の骨ばこん村に持ち帰るたい」

「いつ、出かけるな」

「和尚、明朝、米良街道を通って飫肥に向かうたい」

「若い衆は、案内方ば終えたら、またこん村に戻ってくるな」

和尚の問いに帯刀は答えなかった。

若者は無心で稽古を続けていた。なんとも無尽蔵な力をその肉体に秘めていた。

「和尚、今晩くさ、別れの宴ばしようもん」

と帯刀が言った。


人吉藩の球磨地方では、祝儀不祝儀、婚礼、弔いに限らず焼酎を飲んだ。米で造られた強い焼酎を燗酒にして飲むのが習わしだった。

長い注ぎ口の有田焼の酒器はガラと呼ばれ、二合五勺入った。そして、宴の始まりには、当主の浄心寺帯刀が座敷の床の間の隅に一滴、焼酎を零して土地の神様に宴の許しを得た。そして、旅の無事を願った。

三月以上も前、若者が新左衛門ら三人の訃報を持ってこの屋敷に姿を見せたときには、事情を知ることが先で宴の余裕などなかった。

あれから時が過ぎていた。

明日はこの座敷に集う若衆十余人が帯刀を頭に、若者を道案内にして、矢立峠に新左衛門らの骸を回収しに向かうのだ。

薩摩の陰の者にして国境の守り人、外城衆徒が待ち受けていることは十分に考えられた。

命がけの務めだ。それだけに男衆はぐいぐいとガラから猪口(ちょく)に注ぎ合って飲んだ。

若者は、焼酎を飲み競う光景に言葉を失っていた。

そのうち、賑(にぎ)やかな遊びが始まった。じゃんけんのように指を折ったり広げたりした片手を突き出し合って、素早く勝負が決まった。

若者には負けたほうが焼酎を飲み干すのか、勝ったほうが飲んでよいのかさえ分からなかった。糸尻(いとじり)のない、底の尖った酒器に替えられた。

「そら」

と注がれれば、

「ぎゅう」

と応じて飲み干さねばならなかった。

ゆえに底の尖った酒器は、ソラギュウと呼ばれた。

未だ酒を飲んだことのない若者は、ソラギュウが下には置けない盃という意味の、

「可盃(べくはい)」

の一種であることさえ知らなかった。

危険な山行きが、いつも以上に男たちの酒を進ませていた。

ゆうが新しい焼酎を運んできて若者を台所に連れていった。

台所でも女衆が焼酎を飲み始めていた。

「あん男衆と付き合うたらたい、殺されるたい。あんたさんは、飯(まま)を食うて納屋に引き上げない」

と若者を気遣ってくれた。

膳には煮しめや山芋汁が菜に並んでいた。

若者はゆうに感謝の笑顔を向けた。

「うちの人を頼むたい」

若者は黙って頷き、膳に手を合わせて夕餉を食し始めた。

この三月の峠歩きで若者はげっそりと痩せていた。だが、この屋敷に戻ってきて三度三度の飯を馳走になり、以前と変わらぬ体に戻っていた。

「名無しどん」

ゆうは若者をこう呼ぶようになっていた。

「舅どん方の骸を見つけたら、こん村に戻ってくるね」

と訊いた。

若者はゆうの問いに答えられなかった。

「やっぱり薩摩に行くとね」

若者は、しばらく考えて、こっくりと頷いた。

「名無しどんは異風者たいね」

とゆうが諦めたように言った。

若者は母屋の宴の騒ぎを聞きながら、納屋の二階に戻った。するとゆうが若者がこの屋敷に残した大小、道中嚢、手入れがされた羽織と道中袴を持参してきた。

若者は自分がこの屋敷に置いていった大小を久しぶりに手にした。だが、将軍家斉から拝領した備前長船派修理亮盛光の鞘を払うことはしなかった。

若者は文机に座し、筆を執った。

ゆうは若者がなにを書くのか、その背中を見ていた。

長い思案の末に一気呵成（いっきかせい）に筆を走らせた。

若者は認めた文字を黙読し、ゆうに向き直って差し出した。

「あしに読めと言いなると」

ゆうが若者の認めた文面に視線を落とした。

「浄心寺ゆう様

私の大小、持ち物のすべてを、薩摩から戻ってくるまでお預かり願えませぬか。どのようなことがあろうとも、必ずや薩摩から戻って参ります」

とあった。

「武者修行のお武家さんが刀なしで薩摩入りするち、言いなさると」

若者が再び筆を執り、

「この三月、薩摩の国境を見ました。武士の姿で薩摩入りするより無一文、身一つで薩摩に入ったほうが、よいような気がします。木刀も置いていきます。その代わり、次郎助さんの形見の山刀一つで国境を越えます」

と書いた文面をゆうに渡した。

ゆうはしばらく考えた。そして顔を上げると、

「名無しどん、兄ゅならばやり遂げようたい。約定してくれんね。必ず元気な姿をこんゆうに、いや、違うたい。兄ゅのおっ母さんに見せないかんたい。そんことを約定してくれんね」

とゆうが言い、

「何年でも待つけんね」

と願った。

若者は黙って頷いた。

ゆうは若者の持ち物一切を母屋で保管すると約束し、その代わり、藍染めの稽古着に同色の軽衫、それに山の寒さに耐えられるように綿入れなどを入れた竹籠(たけかご)を若者に渡した。

若者はゆうから有難く受け取った。


その夜、いつ果てるともしれない宴の声を聞きながら、若者は自分の身内に宛てた長い書状を認めた。

そして封をしてゆうに宛ててもう一通の書状を認め、

「三年過ぎても私から連絡がない折りは、この書状を豊後関前藩家臣坂崎遼次郎(りようじろう)様に宛てお送りくだされ。必ず父母の手許に書状が届くはずです」

と飛脚代を添えて文机に遺した。

宴は夜半に終わった。

未明、目覚めた若者は、新左衛門らの遺品しか埋葬されていない墓に参り、恙(つつが)無く骸が見つかり、この墓に収容できるよう願った。

若者が宮原村の名主浄心寺家に戻ると、馬二頭が旅仕度を終えて庭に引き出されていた。そして、まだ酒臭い男衆が顔を揃えていた。

「名無しどん、墓参りしてきたと」

道中差を腰に差した帯刀が若者に訊いた。

若者が頷くと、帯刀が嫁のゆうから聞いたと見えて、綿入れに藍染めの稽古着と軽衫、山刀と六尺棒だけを手にした若者の形を見た。

「薩摩に身一つで入るげな、そん覚悟は感心たい」

と帯刀が言い、小声で、

「いいな、あしの言うことを聞きない、必ず薩摩入りさせてみせるけんね」

と囁き、一同に向かって、

「米良街道を目指すばい」

と合図すると、二頭の馬を引いた一行が飫肥領内矢立峠を目指して百太郎溝の名主の屋敷をあとにした。

すでに季節は厳しい冬を迎えようとしていた。

第四章　再び矢立峠へ

一

九国の中南部で八代海（やつしろかい）と日向灘（ひゅうがなだ）の二つの海を結ぶのが人吉街道と米良街道、そして飫肥街道だ。三つの街道の全長は、およそ四十七里半（百九十キロ）ある。人吉街道は薩摩街道の佐敷から始まり、人吉、湯前（ゆのまえ）から横谷峠を越えて米良街道と重なる。そこから九州東岸に至り、佐土原を経て宮崎で飫肥街道と繋がっていた。

球磨郡宮原村の名主浄心寺帯刀の一行は、まず人吉街道の多良木を出て一里半先の湯前に向かった。

帯刀がかたわらに若者を従えて、

「名無しどん、多良木いうところはくさ、人吉藩主の下相良氏と同じ血筋の上相良氏の根拠地たい。うちのうっ死んだ親父どんは上相良一族と自慢していたがくさ、真んところは分からんと」

とか、

「こん湯前にはくさ、うちの氏の由来、浄心寺があるたい」

などとあれこれ懇切に説明してくれた。

若者はこの数月の間に日向と肥後を幾たびとなく行き来していた。だが、訪ねた先の土地の話をこうやって聞くのは初めての経験だった。

「ほれ、ここが浄心寺たい」

浄心寺は、鎌倉時代の初め、貞応年間（一二二二〜二四）に沙弥浄心が開基したと伝えられる古刹だった。

一行は立ち寄って道中の無事を願ったが、寄棟造り、寄茅葺の阿弥陀堂はなかなかの風情があった。

一行は、この浄心寺で人吉街道最大の難所横谷越えを前にひと休みした。

ちなみにこの浄心寺、ただ今の城泉寺のことだ。大正四年（一九一五）、本尊が国宝に指定されたとき、誤記されて「城泉寺」と寺名が変わり、それがいつのまにか定着したのである。

横谷峠のある集落、米良は人吉藩領の最後の郷だ。湯前から五里の米良で最初の夜を過ごすことになった。

米良は、その北に位置する椎葉の郷とともに、壇ノ浦の合戦に敗れた平家の落人が隠れ潜んだ地と言われていた。そんな秘められた土地であると、帯刀が若者に告げた。

帯刀は、約定どおりに浄心寺家に戻ってきた若者を信頼していた。口が利けない若者が帯刀の言葉をちゃんと聞いていることを知っていたのだ。

二頭の荷馬を中心に狭く険しい峠の頂きへ上がった。

この数月、峠越えを繰り返してきた若者には格別に難所ではない。前にも越えた峠でもあった。だが、独りで旅をするのと大勢での道中とでは感じが違った。なにより薩摩の外城衆徒の気配がないだけにゆったりとした道中だった。

夕暮れ前に米良の郷に入った。

帯刀はそのうちの一軒の大きな藁葺きの家に一行を案内していった。この家の主米良の寿兵衛は、帯刀の長年の知り合いで、本日の訪問も前もって使いが立てられ、立ち寄ることが知らされていた。

ゆえに十数人の男衆と馬二頭は、すぐに庭に通された。男衆は馬から荷を下ろし、馬の手入れをして厩で餌を与えた。

若者は、今日越えてきた横谷峠を改めて振り返った。

辺りには平らな土地など見当たらず、古からここの住人たちが険しい山肌を焼き、焼き跡で稗、蕎麦、大豆などを育てる焼き畑農業を続けてきたことが若者にも分かった。

国境の米良で一夜目を過ごすことになった。

帯刀は馬に食い物や焼酎を積んでおり、米良の寿兵衛に迷惑をかけぬ心配りをしていた。

囲炉裏端で若者は、この家の老婆が焼酎に酔って歌う哀しげな歌を聞いた。

「庭の山椒の木　鳴る鈴かけて　鈴の鳴るときゃ　出ておじゃれ………」

臼に入れた稗を杵で搗くときに歌われるという「ひえつき節」が切々と若者の心に染みた。

夕餉のあと、帯刀と寿兵衛は若者をかたわらにおいて何事か話し合った。だが、土地の言葉でなされる会話は、若者にはまったく理解できなかった。

時折り、二人が若者に眼差しをやっては、寿兵衛老の両眼に涙が浮かび、深く刻まれた頬の皺(しわ)の間を伝って流れた。

若者は、矢立峠で亡くなった浄心寺家の隠居新左衛門ら三人の非業の死が話されているのだろうと推測した。


旅の二日目、夜明け前に肥後国米良庄から日向国に入った。

この米良街道は新左衛門ら三人の死を球磨郡宮原村に伝えに行く折りに通過した道だった。

だが、薩摩の外城衆徒、山ん者の追尾を躱(かわ)すために夜道を通ったせいか、街道の景色に見覚えがなく、初めての街道のような気がした。

独り旅よりも若者の気持ちは和んでいた。

一方で、長く険しい山路に荷馬は苦労していた。

時に荷馬に積んだ荷を男衆とともに手分けして運んだ。

その折り、若者は帯刀から、

「兄ゅどんは案内方たい、そげんことはせんでよか」

と言われたが、若者は他の男衆よりも重い荷を背に負った。

若者にとって、すべてが体を鍛える剣術修行の一環だった。

山道に並行して谷底を流れる一ッ瀬川の風景や、時折り通過する郷の景色を若者はいつしか楽しんでいた。

肥後と日向の国境の米良から島津家支藩の佐土原城下までおよそ十二里半（五十キロ）の行程だった。

この山道を、一行は二日をかけて歩き通した。

街道とは名ばかりの獣道を少し整備したような道もあった。そんな米良街道を一日六里以上も歩き通すのはこの山道をよく承知した者でなければできないことだった。

若者は帯刀のかたわらに従って山道を進んだ。

小さな峠で休んだ折り、一行の前を鹿の群れがなにかに追われるように逃げ去った。大勢の人を見たからかと思ったが、帯刀が、

「あん生き物を狼が狙うとう」

と教えてくれた。

この行程の間、村所という集落の外れの無人の小屋で一行は一泊した。

若者にとって数軒の集落と山道の小屋に覚えがあった。日向と肥後の間を往来する旅人のためにある小屋だった。

「名無しどん、矢立峠の戻りにこん村で兄ゅと別れるばい」

翌日、歩きながら帯刀が不意に若者に言った。

「寿兵衛爺さんの倅(せがれ)の一人はな、うちに奉公したこともあると。末息子の光吉(こうきち)が昨日泊まった村所で猟師ばしとると。昨日は山に入っとって会えんかった。光吉はこの辺の山ば、よう知っとる。名無しの兄ゅを白髪岳まで案内する役は光吉しかおらん」

白髪岳がどこにあってどのような山なのか若者には分からなかった。

若者が家紋入りの古びた陣笠(じんがさ)を被った帯刀の横顔を見た。

「今はまず飫肥の殿様(とのさん)のお許しを願うことが先ばい」

帯刀が若者の考えを察したように言った。

(郷に入(い)れば郷に従え)

若者は己の胸に言い聞かせた。

米良から二日目の夕暮れ前、

「西都原(さいとのばる)たい」

と山道を下って眼下に広々とした平野が広がったとき、帯刀が若者に教えてくれた。

「大昔のことたい、古の人がこん界隈に大きな墓ばいくつも造ったげな。この郷の頭の墓たいね。そげん言い伝えがあるたい」

帯刀が古墳群のことを若者に教えてくれたが、若者には今の己にしか関心がなかった。

山道を下ったところに広々とした川が幾筋も流れる平野があるのだ。大きな郷が在ったとしても不思議はなかろうと己に言い聞かせた。

若者が旅の間に一番関心を寄せたのは、一行が立ち寄った南方神社の大楠だった。

飫肥藩の藩主を務める伊東氏ら歴代に、

「神木」

として崇められてきた、

「上穂北の楠」

は樹齢八百年、樹高十数丈の見事なもので、幹元には御幣がついたしめ縄が結ばれていた。

その夜、島津支藩の佐土原城下に泊まることになった。

若者は初めて冬の日向灘を見た。

「名無しどん、明日はくさ、長旅になるたい。飫肥城下までおよそ十四里（五十六キロ）を歩くことになる」

と言った。

若者にとって郷での十四里はなんでもない旅程だった。

一行は、早々に旅籠(はたご)で夕餉を摂(と)って寝に就いた。

翌日、暗いうちに出立した一行は二里半歩いて宮崎神宮前に到着した。

一行は人吉街道の終着地の宮崎に辿り着いたことになる。

古に神武天皇の「宮」があり、日向灘に面した「埼(みさき)」があることから「宮埼」と呼ばれてきた地である。

この宮崎で人吉街道は飫肥街道と名を変える。

その日、一行はひたすら進んだ。

いったん日向灘に出た街道は、伊東氏の支配する飫肥城下目指して内陸の峠道に入って行く。飫肥は広渡川(ひろとがわ)で油津(あぶらつ)と結ばれている内陸の領地だった。

昼の刻限、辺りの風景が変わった。

「名無しどん、飫肥城下を承知な」

　と帯刀が若者に訊いた。

　若者は領地を抜けたことはあっても城下をゆっくりと見物したことはない。首を横に振って帯刀の問いを否定した。

「飫肥はくさ、貧之藩、貧乏殿様たい。そんでいて島津氏と伊東の殿様が飫肥ば巡って戦を幾たびも繰り返すには曰くがあると。どぎゃんしてか分かるな、名無しどん」

　六尺棒を杖代わりにした若者が首を横に振った。

「ほれ、周りば見ない。よう繁った杉が見えるやろ、あれが飫肥杉たい」

　川を通じて油津にわずかにつながる飫肥藩は、天正期には三万石に満たない貧乏藩であった、と帯刀が説明した。

「百年の争いの末に薩摩がうち破ってくさ、飫肥は薩摩の領地になったと」

　天正五年（一五七七）のことだという。

　だが、その十年後、秀吉の薩摩征討において島津氏が敗北。豊臣軍に加わった伊東祐兵が手柄を立てたことで、天正十六年（一五八八）に飫肥の領主に復帰した。

かつて飫肥は一時的にしろ、薩摩領だったのだ。

となると、矢立峠の国境を暗躍する外城衆徒が姿を見せるのは、そんな曰くが背景にあってのことかもしれない、と若者は思った。

道中、帯刀の徒然（つれづれ）の話は続いた。

江戸時代に入っても、飫肥は参勤交代の費（つい）えにも事欠く貧乏大名だった。この藩の窮状を救ったのが若者が眼にしている杉だ。

高温多湿の山地に育つ飫肥杉は、成長が早く、弾力に富み、樹脂を多く含んで腐りにくい。そのために造船に用いる材料として適しており、

「日向弁甲材（べんこうざい）」

と呼ばれる人気の物産になった。

寛政元年（一七八九）からは、五年がかりで十万本の杉を植える大がかりな植林が行われた。それを率先して指導したのは飫肥藩下士の石那田実右衛門（いしなだじつえもん）だと、帯刀が若者に説明し、

「今も昔も飫肥の救いは杉林たい」

と付け足した。

「名無しどん、兄ゅは豊後関前藩の関わりやったな。関前も近頃までは貧乏藩や

ったろ。藩内の諍いも繰り返されたと聞いたたい。そいが領内の作物を江戸に船で送ってくさ、直売りして藩の内所を立て直した重臣がおられるげな。今じゃ、紅花まで栽培してくさ、なかなかの景気たいね。関前藩にも知恵者が、軍師がおられるたい」

帯刀はなかなかの物知りだった。参勤交代のお蔭で、

「人、物、出来事」

が人の口から口へと街道を伝わっていくのは、若者が考える以上に早かった。

浄心寺帯刀一行が飫肥城下に着いたのは、冬の暮れ六つ（午後六時）前だった。酒谷川（さかたにがわ）の流れを望む岡の上に築かれた平山城（ひらやまじろ）を見ることはすでにできなかった。

その夜、帯刀一行が泊まったのは、広渡川の河岸に面した材木問屋だった。亡くなった新左衛門の妻およしの実家だ。

「よう来なさった、帯刀どん」

と迎えたのはおよしの実弟にして、藩御用達（はんごようたし）杉邨屋正右衛門（すぎむらやしょうえもん）だ。飫肥杉の植林を主導した石那田の血筋だという。

新左衛門らの死は、文にて杉邨屋正右衛門にも知らされていた。

手足を洗った帯刀は仏間に招かれた。その際、帯刀は若者を伴って仏間に通っ

た。

　帯刀と若者は、仏壇に線香を手向け、およしの霊前に新左衛門らの死を改めて報告した。

「正右衛門様、あしが分からんとは、親父らが難儀な矢立峠を越えて肥後に帰ろうとしたことばい」

　帯刀が正右衛門に質した。

「ああ、そんことならば、わしが悪か」

とあっさりと正右衛門が認めた。

「矢立峠の杉林が見事と褒めちぎったと、おそらく新左衛門方は杉林を見てくさ、都城に抜けようとしなさったと違うやろか」

と答えた正右衛門が若者のことを気にした。

　書き付けを持参した日向、肥後の住人ならば、外城衆徒も薩摩への出入りを阻止できないし、関所も許した。

「帯刀どん、この若衆が新左衛門さん方と最後に一夜をともにした人な。侍と聞いたが、いささか形は違いますな」

　侍姿ではないと、飫肥杉を扱う御用商人の正右衛門が帯刀に質していた。

「そん通りたい」

と前置きした帯刀は、若者が球磨郡宮原村の浄心寺家に姿を見せたところから、この三月以上にわたる出来事の数々を仏壇の前で語った。

話を聞き終えた正右衛門が、

「こん若衆は豊後関前藩の関わりの人と言われるな」

「詳しかことは喋らんもん」

「そりゃ、口が利けんならば喋るめえ」

「正右衛門さん、そいがな、達者な字と文を書きなさると。やっぱりお侍の血筋じゃなかろか。ないしても、われのことは言わんたい」

「どぎゃんしてじゃろか」

うーむ、と応じた帯刀が若者をちらりと見て、

「こん若衆はくさ、薩摩に剣術修行に行きたかと。そんでわがことは喋らんと」

「薩摩に剣術修行ちな、そりゃ無理たい」

正右衛門が言下にその考えを否定した。

若者は幾たびも聞かされた返答に笑みで応えた。

「異風者ばい」

帯刀の言葉に正右衛門が何度も首を横に振り、

「帯刀どん、明日はあしが城について行こう」

と言った。

「助かるたい」

矢立峠は飫肥領内だ。

その峠の尾根道で、他国者とはいえ人吉藩の住人が薩摩の外城衆徒に殺された
というのだ。帯刀は杉邨屋正右衛門を通して藩に亡父らの亡骸回収の許しを得て
から、矢立峠に向かおうと考えていたのだ。

「帯刀どん、この夏を山で過ごしとる。骸が傷んでおったらどうするとな」

と正右衛門が帯刀に質した。

「それたい。骸を肥後まで持ち帰ることができんとならたい、山で火葬して遺骨
ば持って帰ろうかと思うとる」

この数月考えてきたのか、帯刀は即答した。

「致し方なかろうな」

正右衛門も賛意を示した。

「狼も棲んどるたい。谷に落ち転げた親父の骸はたい、どぎゃんなっとるかしれ

ん、行かんば分からん」

帯刀が言い、

「名無しどん、そげんこつでな、明日はあしと正右衛門さんは城にお伺いに行ってくるたい。好きに過ごしない」

と若者に明日の予定を告げた。

二

日向国飫肥藩を立藩した伊東氏の祖は、鎌倉初めの武将工藤祐経（すけつね）に遡るという。その子の祐時（すけとき）が建久（けんきゅう）九年（一一九八）、日向国地頭職に任じられて、建武（けんむ）二年（一三三五）頃、祐持（すけもち）が初めて日向国に下向し、以来都於郡（とのこおり）を中心に勢力を伸ばした。

南には屈強な島津氏が控えており、島津との抗争が繰り返された。

天正五年（一五七七）、伊東義祐（よしすけ）・祐兵（すけたけ）父子が島津義久によって日向国を追われた。だが、秀吉の薩摩討伐のとき、祐兵が先導役を務めて日向国に三万六千石を与えられて、復帰した。

祐兵は、慶長五年（一六〇〇）、関ヶ原の戦いに徳川家康方に与して、この地に五万一千石の外様中藩を安堵され、幕末まで連綿と続くこととなった。道中、浄心寺帯刀が若者に説明してくれたように「飫肥杉」の生産が飫肥藩財政の基礎を固め、城下町を造り上げたのだ。

舞鶴城の異名を持つ飫肥城は、天然の外堀である酒谷川左岸の丘陵に築かれた平山城であった。また城下町は西、南、東の三方が囲まれるようにある飫肥盆地に町割りされ、豊かな水と緑と石の恵みに育まれた気品ある城下町だった。

飫肥藩の北河内地方の山林資源を安全に運び出すために広渡川から油津湊に堀川運河が開削されたと同時期、城の大改築が行われた。それは貞享元年（一六八四）十一月の地震で本丸の藩主の館下に地割れが生じたためであった。この改築にあたり、本丸を廃して中の丸に本丸機能を移転することにした。

当時の中の丸は敷地が狭かったために松尾の丸と犬馬場の一部を切り崩し、新規の土塁や石垣を造る大普請になった。

元禄四年（一六九一）に東西五十八間、南北一丁二十五間が確保され、二年の歳月を要して大書院、小書院、御座の間、寄付の間、次間、舞台の間、後宮が完成した。

また二階櫓が二箇所に新たに建てられ、搦手口の左右の土塁石垣の修復に加え、土橋が木橋に架け替えられた。

最後に大手門と石垣の修復に十数年の歳月をかけ、正徳三年（一七一三）に飫肥城の大改築は終わった。

若者は、朝餉のあと、酒谷川の稲荷下橋東側にある杉邨屋正右衛門方の庭で槍折れの稽古をすると、四つ（午前十時）時分に稽古をやめ、橋を渡って飫肥城下の見物に出た。

ゆうが用意してくれた旅着を着て無腰の腰に矢立を携えていた。ために一見町人のように見えた。

大きな町屋が続く通りを西に向かうと、数丁歩いたところで飫肥城の大手門に向かう石垣が見えた。

若者は町屋から武家屋敷へとのんびりとした歩みで進んだ。

武家屋敷の辻は枡方石垣になっていた。この枡方石垣を越えると重臣の屋敷と思える立派な長屋門と玉石垣が連なっていた。

屋敷の一角から木刀で打ち合う剣術稽古の音が響いてきた。若者は音に誘われて道場の門前に立った。

武家屋敷の一角のそれは藩道場といった構えに見えた。

この時期、飫肥藩の剣術は堀内(ほりうち)流が主流だった。

堀内流は下野(しもつけ)の堀内源太左衛門(げんたざえもん)によって創始され、江戸に出て小石川牛天神下(こいしかわうしてんじんした)に道場を開いていた。堀内は大太刀の有利を悟って、定寸より五寸は長い二尺八寸を用いたという。

なぜかこの堀内流、赤穂浪士(あこうろうし)に門下生が多かった。そして、どのような経緯か、遠く日向の飫肥藩にも伝わっていたのである。

若者は無人の長屋門に一礼し、玄関先に立った。

「なんの用だ」

玄関先にいた稽古着姿の若侍が若者を咎(とが)めた。

若者は口が利けないことを仕草で告げ、稽古を見物させてくれと願った。

「なに、稽古を見物したいのか」

と問い返す若侍のところに朋輩(ほうばい)が姿を見せた。

「なんだ、信吾(しんご)」

「この者が稽古を見物したいそうだ」

新たに姿を見せた年上の朋輩が若者の姿を見て、

「町人か。道場破りとも思えぬ。よいではないか」

と鷹揚にも許しを与えた。

若者は丁重に頭を下げた。

道場は百畳ほどか。

二十数人の門弟のだれもが、定寸以上の長さの木刀で打ち込み稽古をなしていた。

若者は入口近くに座すと、道場の反対側にある神棚に拝礼した。

熱の入った稽古だった。だが、見所にはだれもおらず、門弟たちが自主的に稽古をしている気配だった。

道場に入り、稽古を見ると若者の血が騒いだ。

だが、大望のある身と思い直し、静かに稽古を見物していた。

どれほどの時が流れたか、道場に緊張が走った。道場主が姿を見せたのかと思って若者が見ていると、なんと杉郁屋正右衛門と浄心寺帯刀が道場主の背後から姿を見せて、見所下に控えた。

不意に道場主の視線が稽古をやめた門弟越しに若者に向けられた。

「ああ」

と帯刀と正右衛門が驚きの声を上げ、若者を見た。

「そなたら、承知の者か」

道場主が二人に尋ね、帯刀と正右衛門がそれぞれその問いに応じていた。

若者は黙したまま待っていた。

道場主が若者に向かって手招きした。

若者は、道場の端を通って神棚の前の三人の近くに歩み寄り、会釈するとその場に座した。

「名無しどん、剣術の稽古ば見物に来たとな」

帯刀が質した。

若者はうんうんと頷いた。

「最前話した旅の者じゃな」

道場主が帯刀に質した。

「伊東様、いかにもさようでございます」

帯刀の口調はいつもより丁寧で緊張があった。

「名無しどん、こちらのお方は飫肥藩の重臣にしてこん道場の主様の伊東武南様たい」

帯刀が若者に紹介した。

若者は改めて伊東武南に会釈し、一礼した。

「そなた、口が利けぬか」

伊東が険しい眼差しで若者を見据えた。だが、怯(おび)えた様子もなく若者が頷いた。

「そのほう、薩摩に剣術修行を願うておるというが、たしかか」

さらなる詰問(きつもん)に若者が頷いた。

杉郁屋正右衛門が藩のお許しを得ようとした相手がこの伊東武南かどうかは分からなかったが、若者の話が伊東に伝わっていることは確かなようだ。

「薩摩は格別な国柄じゃ。それを承知で薩摩入りを願うか」

静かな会釈が若者の返答だった。

「話は聞いた。そなたがわが領内矢立峠で、人吉藩の住人三人が短矢で殺(あや)められたことを確かめたのだな」

頷いた若者は、腰の矢立から筆を抜き出し、襟元(えりもと)から取り出した懐紙にさらさらと文字を連ねていった。

長い時がかかった。

二枚に渡る書き付けを若者は伊東武南に差し出した。

無言で受け取った伊東はまずしっかりとした字と、そして、的確な表現の文章に刮目（かつもく）した。

ゆっくりと書き付けを読み進めた伊東武南が、

「なにっ、そなたが最初に薩摩の外城衆徒どもに狙われたと申すか」

若者が頷いた。

帯刀もそこまでは伊東に伝えていなかったのか。

「薩摩の山ん者め、近頃平然と国境を越えて悪さをしおるわ」

と切歯（せっし）するように吐き捨てた。その伊東武南が帯刀を見て、

「そのほう、この若者が毒を盛られて死んだ鹿の肉を食わされようとした経緯を承知か」

と問い質した。

いえ、と帯刀が驚いた。

若者はそのことを帯刀らに告げていなかった。

伊東武南が二人に話を聞かせた。

「魂消ましたと」

と帯刀が言った。

「それゆえ、そなたの親父方が殺されたことにこの者は責めを負うておるのだ」

と説明を加えた伊東武南が、

「そなた、豊後関前藩の関わりの者か」

伊東武南の問いに若者はさらに紙片に認め、武南に差し出した。その紙片には、

「いかにも関前藩といささかの縁がございます。されど武者修行に出た折りにすべての縁は断ち切りました。ゆえにただ今ではなんの所縁(ゆかり)もございません」

とあった。

しばらく文字に視線を落としていた伊東武南が、

「そなたの立場ではそう言うしかあるまいな。だが、その理屈、薩摩には通じぬぞ」

と言い切った。

「伊東様、明日からの矢立峠行き、どういたしましょうか」

「杉郁屋、矢立峠はわが藩の領地ぞ。薩摩の陰の者の勝手にはさせぬ」

と言い切った。

「稲村(いなむら)師範」

伊東武南が稽古を中断していた一人に声をかけ、

「この者と門弟を立ち合わせてみよ」

と命じた。

「はっ」

と返事をした師範が五人の門弟を指名した。

門弟の中から五人が立ち上がった。

玄関先に姿を見せた一人がその中に加わっていた。二番目に姿を見せて若者の見学を許した若侍だ。歳は若者より、四、五歳は上だった。その若侍が五人の中で一番の若手であった。

「この者は口が利けぬ。じゃが、口が利けぬことは剣術になんら支障はない。心してかかれ」

伊東は師範の選んだ五人に忠言した。

「薩摩に剣術修行に行く覚悟のそなただ。打ち込み稽古を拒むこともあるまい」

伊東武南が若者に言った。

このような機会を作ってくれたことに、若者は一礼して感謝した。そんな若者に玄関先で会った信吾という若侍が長さの異なる木刀を三本抱えて持ってきた。

会釈を返した若者は、二尺八寸ほどの長さの樫の木刀を借り受けた。

「一番手、郷内吉右衛門」

稲村師範が審判方を務めた。

玄関先で会った年上の侍が先鋒として姿を見せた。

「驚いたぞ。そなた、薩摩入りを願う武者修行とはな」

と話しかけた郷内が、

「とはいえ、手は抜かぬ」

と言い切った。

若者の返事は静かな会釈だった。

「勝負は一本」

稲村師範が二人に告げた。

頷き合った二人は相正眼で構えた。

木刀の先端まで三尺余か。

しばし見合った後、郷内が仕掛けた。踏み込みざまに若者の面に打ち下ろした。

若者の木刀が、
すうっ

と戦(そよ)いで、
カーン
と乾いた音が響き、郷内の手から木刀が飛んでいた。

伊東武南は若者が関前藩の関わりと知り、構えと動きを見て、流儀をなんとなく推測した。

二人目は、二十代半ばの門弟だった。背丈は若者より五寸は低かったが、がっちりとした足腰をしていた。

二番手は突きの構えを見せた。

若者は相変わらず正眼に木刀を置いた。

「おおっ」

と裂帛(れっぱく)の気合いで二番手が、若者の喉元を突き上げるような攻めを見せた。

迅速な突きであった。

若者の不動の構えに突きが、

「決まったか」

に見えた。だが、突きを行った木刀が飛んで、床に転がっていた。

道場内に緊張が走った。

三番手は老練な門弟だ。自ら、

「御番衆兵頭貴秀」

と名乗った。

再び相正眼。

間合いは兵頭が一間を選んだ。

しばし睨み合ったのち、同時に動いた。

一気に間が詰まり、木刀がすり合わされた。

兵頭の木刀が変化して若者の胴を狙った。だが、躱された。

数合、兵頭の攻めが続いたのち、兵頭が面打ちと同時にがっちりとした体を若者の痩身にぶつけてきた。だが、兵頭の木刀も空を切らされて、床に叩きつけられていた。

「参った」

と兵頭が潔く負けを認めた。

四番手、五番手は三人の負けを見て萎縮したか、あっさりと木刀を手から離していた。

「師匠」

稲村師範が悲壮な顔で伊東武南を見た。

「師範が出るというか」

「はっ。なりませぬか」

「これは勝ち負けの話ではないわ。この若武者は薩摩に決死の覚悟で入り込み、剣術を会得しようとしておるのだ。その覚悟の前にはだれも太刀打ちできまい。快（こころよ）く送り出すしか手はあるまいな」

と応じた伊東武南は、なぜか上機嫌に見えた。

「伊東様」

杉郁屋正右衛門が伊東武南に困惑の顔で呼びかけた。

「杉郁屋、えらい若者を連れて参ったな」

「な、なんとも恐縮にございます」

「直心影流、恐るべし」

伊東武南の呟きを聞いたのは、正右衛門と帯刀だけだった。

若者は、対戦した五人に深々と一礼していた。

そのとき、霧子は肥後国人吉藩のタイ捨流道場を訪ねていた。

剣道場に女子(おなご)が訪ねてくるのは珍しい。

相手をしたのは偶然にも、若者と打ち込み稽古をした常村又次郎だった。

「女子、うちは道場たい、なんも買いはせん」

常村が旅の行商人ふうの形(なり)をした霧子に言った。

「物を売りに参ったわけではございません。青井阿蘇神社の神官さんに聞いて参りました」

「青井さんの神官どんにな。なんのことじゃか」

「口が利けない旅の者がこちらの道場にお邪魔したことがあるとか」

「ああ、高すっぽな、あるある。だいぶ前のことたい。あん若衆、あんたのなんな」

「弟にございます」

「なに、弟ち言いなるな」

「その者、どちらに行きましたでしょうか」

「口が利けんけん、案じとられると。心配なか、あん若衆はくさ、領内の宮原村、百太郎溝の名主、浄心寺家を訪ねていったと」

霧子は安堵の吐息を洩らした。

元気でいるのは間違いない。だが、薩摩入りに難儀しているのは確かだった。それにこれまでの行動を辿って行くと、父親にして師匠坂崎磐音の頸木を離れた「弟」の考えに逡巡があるように思えた。なにか確固とした企てがあっての迷いとも思えなかった。

そのことに霧子は危惧を抱いた。霧子の知る若者ならば、強引に薩摩の国境を越えようとするはずだった。この慎重さはどこからくるのか。

「有難うございました」

「宮原村を訪ねるか」

「はい」

「伝えてくれんね。次の稽古の折りは本気で勝負ばしてくれんねとな」

「弟がなにか」

「ああ、わしをだまくらかしたと。わしの勝ちがあるわけなか」

又次郎は磊落に答えると、からからと笑った。

三

飫肥城下からの帰路、矢立峠で非業の死を遂げた人吉藩宮原村の浄心寺新左衛門、こう、次郎助の遺体を回収する一行は、広渡川に沿って上流へと向かった。川辺には北郷（きたごう）、一之瀬、坂元、平佐（ひらさ）、広河原（ひろかわら）などの集落があり、板谷を経て矢立峠を目指すことになった。

この経路が飫肥から矢立峠に一番近い道だという。

若者にとって初めての山道だった。

初めて牛ノ峠に立ったとき、高岡筋を薩摩の都城へと目指し、途中で街道を外れて峠に向かったからだ。

一行には、宮原村から帯刀に率いられてきた十数人と馬二頭のほか、道案内として山に詳しい杉郁屋の男衆が加わり、飫肥藩からは目付のほかに郷内吉右衛門ら若い藩士五人が従っていた。

飫肥藩の中老にして道場主の伊東武南は、薩摩の外城衆徒を牽制（けんせい）する意味で、藩士にして門弟の若手を同道させたのだ。

郷内らは若者に打ち込みで一蹴された面々だ。

だが、敗北の遺恨など微塵（みじん）もなく、反対に口が利けない武者修行の挑戦者に尊敬の眼差しで接していた。むろん若者は口が利けない以上、双方に会話が成り立つわけではない。

吉右衛門らは、広渡川沿いの郷の風景をあれこれと説明してくれた。どうやらどの郷の村人も飫肥杉に携わって暮らしを立てている様子だった。

広渡川上流、最後の集落の板谷でその日は一泊した。

先行した杉郁屋の奉公人が飫肥杉の伐採の折りに利用する作業小屋を借り受け、夕餉の仕度をして一行を待ち受けていた。作業小屋といっても厩もある大きな宿泊所だった。

板谷の郷も、飫肥杉の伐採拠点の一つだという。この標高千六百余尺（およそ五百メートル）の郷から見事な飫肥杉の林が北河内に向かって広がっていた。

矢立峠は、さらに板谷の郷から二百余尺上った険しい山道の上にあった。

連れてきた馬は、この板谷の郷に置いていくことになる。

季節は初冬、山奥の郷は朝夕の冷え込みが厳しくなっていた。

だが、帯刀の嫁女のゆうが用意してくれた綿入れで、若者は寒さを凌いだ。

次の日、夜明けとともに一行は矢立峠に上り始めた。

杉郁屋の男衆が先頭に立ち、若者はその者のあとに続いた。

「にしゃは足が強かな、杉の枝払いの仕事もできようばい」

老練の道案内方が若者を褒めてくれた。

一方、郷内吉右衛門らは山歩きに慣れていないのか、一行の後尾に杖を突きながら従ってきた。

板谷の郷から四半刻後、若者は見覚えのある矢立峠に到着した。

若者がこの峠近くの牛ノ峠に初めて立った頃は、蟬しぐれが尾根道に降り注いでいた。幾重にも重なる山並みから蟬の鳴き声が若者に襲いかかってきた。

だが、もはや蟬の鳴き声はなく、雪でも降りそうな鈍色(にびいろ)の景色が広がっていた。

若者は、己のことを地中で何年も時を過ごす蟬のようだと思った。地中の闇でそのときが来るのを待ちながら、じいっと堪えるのだ、と己に言い聞かせていた。

薩摩入りする大望があった。だが、その前に新左衛門らの仇を討つ「約定」をなし遂げねばならなかった。

二つの行動には、矛盾がある。

薩摩藩の許し状を持たない若者が薩摩入りを目指すためには、外城衆徒の眼を盗んで国境を越えねばならなかった。陰の者たちが薩摩への入国をそう易々と許すはずがないことは、これまで国境を見てきた若者にはよく分かっていた。また外城衆徒と争った末に薩摩入りを果たしたとしても、薩摩藩が書き付けなしに入国した若者の行動を許すとも思えなかった。

ともかく一つ一つ片付けることだ。まず新左衛門ら三人を無情にも殺した外城衆徒に、その罪科を身をもって贖(あがな)ってもらわねばならない、と改めて決意した。

若者の前に横たわる難題は、その後のことだ。

矢立峠で一行がしばしの休息をとっている間に、若者には馴染みの、

「監視の眼」

がついたことを感じ取っていた。外城衆徒の気配に気付いたのは、若者一人と思えた。

帯刀が若者に言った。

「名無しどん、これからは兄ゅが案内方たい」

若者は、鈍色の空に隠れた鰐塚山の方角を指さした。

頷いた帯刀が、男衆に担がせた竹籠から線香や花を出して用意させた。

「さあ」

と帯刀が若者に合図をし、六尺棒を杖代わりにした若者を先頭に歩き出した。

谷底から霧が這(は)い上がってきて、辺りの風景を変えた。いや、尾根道の一間先さえ見えない霧に覆われた。

「皆の衆、尾根道から足を踏み外さんごとな」

帯刀が声をかけて、若者は一歩一歩足場を確かめて進んだ。

四月（よつき）以上も前とは、鰐塚山への尾根道の様子が変わっていた。

若者は記憶をたよりに想像力を働かせながら、まず次郎助の亡骸を探した。だが、小石を積み上げて仮葬し、狼らから守ろうとした場所はなかなか見つからなかった。

矢立峠から尾根道を歩き出して半刻が過ぎたが、霧は一向に晴れそうになかった。

若者は尾根道の岩場の陰に積まれた小石の山を見つけて足を止めた。

帯刀は、先を行く若者の足が不意に止まったのを見た。

「ここな」

若者に尋ねた。

頷いた若者が手にした六尺棒を岩場に立てかけ、その場に跪（ひざまず）くと合掌した。

帯刀らも倣（なら）った。

合掌を解いた若者は一つひとつ丁寧に小石をどけ始めた。

手伝おうにも尾根道では複数の男衆が作業する余地はない。

若者は黙々と小石をどかしていく。

その行為は、再会が遅くなったことを死者に詫びているように帯刀には見えた。

死者の体の一部が見えた。

夏の終わりから秋を過ごした亡骸は、わずかに肉を残して骨と化していた。

若者が改めて合掌した。

帯刀が、

（あとは任せなされ）

とその肩に手を置いた。

若者が立ち上がり、帯刀に場を譲った。

「こりゃ、連れて戻れん。火葬するほかあるめえ」

浄心寺家の当主が決断した。

その場で帯刀が読経し、法会(ほうえ)が行われた。

読経が終わったとき、若者は、こうの骸を探すために尾根道を独り先に進んだ。

霧に包まれていた。だが、鰐塚山までの尾根筋は一本だけだ、迷うことはないと思った。

不意に若者は殺気を感じ取った。

霧に隠れ潜んで外城衆徒が若者を囲んでいた。

薩摩の国境を何百年も前から守ってきた面々だ。薩摩と日向、肥後の国境を知り尽くしていた。

若者は、杖代わりの六尺棒を構えた。

これまで若者が外城衆徒らしき者を見たのは、新左衛門ら三人を弔った宮原村の墓場だけだった。

あの三人が外城衆徒そのものであったかどうかは分からないが、仲間であったことは間違いあるまい。

若者には迷いがあった。ともあれ居場所を知られた若者は三人を始末して、墓場の一角に葬った。そのとき以外、外城衆徒の気配は感じても、実体に接したことはなかった。

今日もまた霧に身を潜めて若者を襲おうとしていた。

霧の中で弓矢は使えまいと若者は考えた。尾根道だ、襲いくるとしても多勢は決して有利ではないと判断した。

対決するのはせいぜい前後二人だけだ。

若者は、霧の流れ具合で尾根道の右手に岩場があることを感じ取った。その岩場まで進んで身軽にも岩場を攀じ登った。

むろん外城衆徒が若者の行動を見逃すはずはあるまいと思った。

高さ一丈五尺余の岩場の頂きに片手をかけたとき、頂きで待ち受けている者の気配を察した。

その瞬間、本能が行動させていた。

若者が片手に持つ六尺棒が岩場の頂きを撫でるように迅速に払われた。岩場の途中に身を寄せての攻めだった。だが、霧の中で引き払われた六尺棒が確かに人の脛を次々に捉えていた。

この不意打ちに、

「うっ」

と呻き声を残した相手は、岩場から転がり落ちて消えた。

若者は岩場に立った。

霧が薄れてきた。

岩場の上から覗くと、這い上がってきた岩場の下にこうを埋めた痕跡が見えた。

若者は、辺りに外城衆徒の姿を探した。

弓弦の音を察したとき、六尺棒を虚空で引き回し、飛来する短矢を二本へし折っていた。

次の瞬間、若者は弓音がした藪陰に飛んで六尺棒を叩きつけ、自らの着地の衝撃を減じさせた。

藪の中には六尺棒で殴り倒された男が独りいた。濃緑色の頭巾と同色の山着を着た男の手に強弓があった。もう一人の仲間は六尺棒の襲撃を避けて逃れたか。

初めて見る外城衆徒の姿だった。

尾根道に人の気配が乱れた。

帯刀らに同行してきた郷内吉右衛門らが刀の柄（つか）に手をかけて姿を見せた。

どうやら霧は晴れたようだ。

「どうしたのだ、名無しどん」

郷内が帯刀の呼び方を真似て訊いた。

「ああ」

と仲間が若者の足元に斃れた者を見た。

「おい、これが薩摩の外城衆徒か。初めて見たぞ」

「おいもじゃ、こげん姿ばしとったか」

若者は不意に姿勢を低くすると、尾根道に立つ藩士の足を両手で抱えて身を投げた。

「なんばすっとか！」

と叫ぶと同時に藪に転がされた飫肥藩士が今まで立っていた虚空を、短矢が次々に飛来し、谷間へと消えた。

「ああー」

と郷内が悲鳴を上げた。

しばし若者に覆いかぶさられた藩士の体が不意に軽くなった。

若者が立ち上がると辺りを見回した。

「名無しどん、助かった」

郷内が藪から立ち上がってきて、呟いた。

「ああ、外城衆徒の亡骸が失せたぞ」

若者が最前斃したはずの外城衆徒の姿が消えていた。

薩摩の国境を守る陰の者は、斃された仲間を連れ戻すために若者たちを弓で襲ったようだった。

郷内ら飫肥藩士らは、若者が覗く谷底を見て言葉を失った。

若者は、弓衆の他に谷底に落下させた二人の外城衆徒の骸を見ていた。

霧の中で外城衆徒三人を若者は斃していた。

この日、帯刀ら一行は、鰐塚山への尾根道で、こうと次郎助の亡骸を火葬して供養し、骨だけを持って板谷村に下りた。

次の日、矢立峠の岩場から谷底に落とされた新左衛門の骸を探して歩いたが、狼らに襲われたか、影も形もなかった。

ひとまず百太郎溝の隠居、浄心寺新左衛門ら三人の遺体回収は終わった。


霧子は、球磨郡宮原村の名主、浄心寺帯刀の屋敷を訪ねていた。

人吉城下のタイ捨流丸目道場で聞いた話から、霧子は球磨川沿いに道を辿り、宮原村を訪れたのだ。

もし若者がいれば、どのような言葉をかければよいのか、霧子は迷った。

十六歳とはいえ、いったん武者修行を志したのだ。そうである以上、その若者の力と運で生死を含めた道を選ぶしかない。

（私はなんのために若者を追っているのか）

旅に出る前も出たあとも何度も自問したことだった。だが、答えは見つからなかった。

一つ言えるとしたら、若者の最初の修行先が薩摩という特異な国であるということだった。だが、それも覚悟の上での行動だ。

（もはや若者が息災であることは確かめたのだ。関前の亭主のもとへ帰るべきではないのか）

そんな迷いの中でついに名主屋敷を霧子は訪ねた。近くの百姓家で聞いて、百太郎溝の当代の主も若者も留守のことは承知していた。

霧子は逡巡しつつも若者の行動が知りたくて、

「百太郎溝の名主」

の屋敷を訪ねた。

霧子の訪（おとな）いに応じたのは、嫁女のゆうだった。

二人の女は互いの気持ちを斟酌（しんしゃく）しながら、若者の近況と出自を探り合った。

長い時が無益に流れた。

二人とも若者の行動を案じていた。そのことだけは理解できた。ならば、正直に話すべきだとお互いが思った。

ゆうがまず説明した。

なぜ薩摩への入国を急がず、未だ肥後に残っているか、矢立峠の出来事を告げた。驚くべき事実だった。

「おゆうさん、弟はこの屋敷の隠居様方の仇を討たんとしているのですか。それに薩摩の外城衆徒も弟の行動を気にかけておりますか」

「はい。薩摩の山ん者は、この肥後でも謎めいた一党です。それにしてもなぜしつこく若い名無しどんを狙うのか、分からぬと亭主は言うておりました」

霧子は若者が未だ薩摩入りしていない理由を知った。だが、それはいよいよ、若者の薩摩入りの壁を高くする行為であった。

若者はそのことを承知で、何事か考えているのだと思った。

霧子は、許されないこととは知りながら、ゆうの厚意に応えて、若者の出自の一部を告げた。だが、父親が何者か、関前藩のどのような家系かは告げなかった。

「やはり豊後関前藩の関わりの若者だったとですね」

と得心したゆうが、

「弟さんは、生まれつき口に難儀がございましたか」

と尋ねた。

ゆうは、若者が薩摩入りのために口を利かないのでないかと疑っていたからだ。

薩摩言葉は隣国肥後の生まれの者にも理解できないものであった。この、
「御国手形」
がないことを糊塗するために、若者が一語も発しないのではないかと訝しんで
いたからだ。
霧子はすぐにゆうの問いの意味を理解した。これまで何度も若者が口を利かな
いことを聞いてきたからだ。それには理由がなければならなかった。ゆえに、
「おゆうさん、弟の難儀は生まれつきです。剣術に打ち込んだのも口が利けない
せいかと思います」
と答えていた。
しばし考えたゆうが言った。
「霧子さん、弟さんに会っていかれたらどげんですか」
「弟はこちらに戻ってくるのですか」
「最前も言いましたが、舅や義妹義弟の骸を飫肥領内まで回収に行っております
と。舅方を仮葬して来たのは、弟さんやけん、案内方ば買って出たとです。刀も
荷物も残していかれましたきに、必ず一度は戻ってきますと」
とゆうが言った。

霧子は、若者が、

「武士の魂」

をこの家に残していった事実に、

（一目会って関前に戻ろう）

と考えた。


浄心寺帯刀の一行は、矢立峠での火葬と谷底の捜索を終えたあと、飫肥城下の杉邨屋方を出立して、肥後への帰路に就いた。

飫肥街道から米良街道に入った。

国境の横谷峠を目指す一行の中に、若者の姿はなかった。

米良街道は一ッ瀬川と並行して北西に進む。本流の一ッ瀬川と板谷川が合流する村所の郷で一人の男衆が一行を待ち受けていた。

肥後国米良庄の長(おさ)、寿兵衛の倅の光吉だ。

光吉は、百太郎溝の当主に命じられて米良街道から外れ、若者の道案内方として尾股峠(おまたとうげ)へと向かっていた。

厳しい冬が肥後の国境に到来していた。

四

球磨郡宮原村の名主浄心寺帯刀ら一行が、矢立峠で荼毘に付したこうと次郎助の遺骨を持って戻ってきた。

その一行を、若者の姉と名乗る霧子が出迎えた。

霧子は一行の中に若者の姿がないことに不安を感じた。

ゆうが亭主に霧子のことを説明した。

「なに、あの人の姉さんな。そりゃえらい待たせてしまいましたな」

と詫びつつも、帯刀は仏壇に二人の遺骨を並べ、日円寺の和尚が呼ばれて、法要がひとまず行われた。

そのあと、帯刀に和尚が加わり、改めて霧子と話し合うことになった。

「姉さんの弟どんじゃがな、こん村から精々六里ばかり南の白髪岳のくさ、南斜面におられるばい」

「白髪岳でございますか」

霧子は問い返した。

「免田村にある山ばい」

ということは肥後国ということか、とまず霧子が考えた。

「弟はなにをしているのでございましょう」

霧子の問いに帯刀はしばし間を置いた。

「若い衆が薩摩入りしたい気持ちば、姉さんは承知ね」

帯刀の問いに霧子が頷いた。

「姉さんは弟どんに薩摩入りを諦めさせようと来なさったとな」

霧子が首を横に振り、

「いえ、薩摩入りを確かめに参りました」

と答えた。

霧子の答えにこんどは帯刀が訝しげな表情を見せた。

「姉さんは関前藩の関わりの女子たいね」

帯刀が話柄を変えて質した。

「わが亭主が関前藩の家臣にございます」

霧子はゆうの世話で宮原村の名主屋敷にいる間に、弟が世話になっていたことを知り、主が戻ってきたら差し障りのないところで真実を告げようと心に決めていた。

それがこの名主一家の親切に応え、弟の近況を知る早道だと思ったからだ。武者修行に出た弟が未だ薩摩入りしていない理由を霧子はゆうから聞かされていた。旅の途次に縁を持ったこの浄心寺家の隠居ら三人の死に、

「弟」

が絡んでいた。

ゆうの説明で、弟が薩摩の国境を守る外城衆徒と敵対関係にあることも分かっていた。

霧子の返答に帯刀が頷いた。

「弟はいつこの村に戻って参りましょうか。武者修行に出た弟の覚悟をくじけさせる真似はしたくはございません。せめて元気でいることをわが両親に伝えとうございます」

霧子は話を複雑にしないためにいささか虚言を弄した。この屋敷に世話になった弟が大小を残していった以上、一度は必ずここに戻ると霧子は信じていた。

「あん若衆の親御様は関前藩におらんな」

帯刀が確かめた。

「ええ、江戸におります。ゆえに余計なことと知りつつも、自らかようなことをなしたのです。偏に弟の近況を江戸の両親に伝えたかったのでございます」

帯刀がしばし考えを纏めるように沈黙し、

「姉さん、弟どんはこん村にはすぐには戻ってこん」

と霧子に告げた。

「姉さんも弟どんが薩摩入りに難儀しておるのを承知たいね。他国者には薩摩は格別に厳しかですもん。あしはあん若衆の決心がかたかと知って、知恵を授けたと」

「白髪岳行きと薩摩入りは関わりがございますので」

「さいーば」

帯刀がそうだと答えた。

「白髪岳は肥後国人吉領たい。こん山の斜面から水が流れ出てな、すぐに日向国に入り、薩摩領内を流れて薩摩灘に流れ込むと。水源から河口まで三十四里ばかりの、大きくうねり流れる川内川たいね。下流じゃ京泊川とも呼ばれる。姉さん、承知な」

帯刀の問いに、霧子は首を横に振った。

「姉さん、薩摩の国境を他国者が越えるのは難儀どころじゃなか、死を覚悟してん越えられんと」

「国境を守る外城衆徒がいるからでございますね」

「そういうことたい。どこも峠越えは難しか。うちの親父どん方は、飫肥領の峠道であやつらに殺されたと」

と帯刀が答え、さらに言い添えた。

「姉さんの弟どんにあしは約定したと。親父どんらの遺骨を回収したら、薩摩入りを手伝うとな」

「手立てがございますので」

「川内川の源流は肥後国人吉領たい。この白髪岳の水源から二里半ばかりの渓谷は、御狗留孫(おくるそん)と呼ばれて、こん界隈の流れの中でもひと際厳しかと。球磨川は流れが急たい。けどな、川内川の狗留孫峡谷は、格別たい。その白髪岳の斜面に狗留孫神社があると」

帯刀が言い、和尚を見た。

「土地の人は御をつけてくさ、『オクロソン・オクルソン様』と奉(たてまつ)る峡谷たいね」

和尚は帯刀の言葉をさらに補足した。

それによれば、建久二年（一一九一）に臨済宗の栄西上人がこの国で二番目に古い禅寺、端山寺を開祖したのが始まりという。その禅寺がいつ山林守護の狗留孫神社に変わったか、和尚も帯刀も経緯を知らなかった。

「この場所は、狼も熊も寄らん精霊が棲むところたいね。狗留孫峡谷には薩摩の外城衆徒も近付かんもん。あん峡谷は、『オクロソン・オクルソン様』が支配するところたい」

帯刀が和尚の言葉を引き取った。

「名主様は弟に川内川の流れを利用して薩摩入りをするよう勧められましたか」

と霧子が尋ねた。

「峠越えは無理たい。肥後、日向、そして薩摩へと流れる川内川の源流しか外城衆徒の眼を逃れて、薩摩に侵入する道はなかたい。そんでな、こん旅の途中でな、道案内ばつけて、若い衆を白髪岳の狗留孫神社に送り込んだとたい」

霧子はようやく帯刀が説明せんとする意図を悟った。

「名主様、弟は無事に川内川の流れに身を任せて、薩摩入りいたしたのでしょうか」

「姉さん、そげん容易いことじゃなかと」

と帯刀が言い、説明方がまた和尚に代わった。

「姉さん、まず狗留孫の精霊『オクロソン・オクルソン様』に許しを得んばなるまい。帯刀どん、おんしは若い衆に三七二十一日の願掛け行を命じたな」

和尚が帯刀に尋ねた。

「おお、御狗留孫さんでな、御籠りをなしてくさ、狗留孫に入る許しを精霊から得られるんじゃろうもん」

「狗留孫には、寝泊まりできる神社がございますので」

「神社ちゅうてん、小さな祠たい。ここでな、世俗の穢れば落として精霊に許しを得るしか、外城衆徒を出し抜く途はなかと、あしは考えたと」

「ああ、名主どん、それしか道はなか」

帯刀の言葉に和尚が賛意を示した。

「弟は二十一日の行のあと、無事に狗留孫峡谷を伝い、薩摩入りができましょうか」

「そう易々とはいかんじゃろ。あん若衆に運があれば、薩摩入りできようたい。いきゃぁまず命がけは間違いなか」

帯刀が話を締めくくった。

霧子はしばらく無言で考えた。

「名主どの、私が白髪岳に入れましょうか」

「姉さんが行くち言いなはるな、女子は許されん。男衆でん山案内人がおらんば無理たい。弟どんにもな、うちの知り合いでな、横谷越えの村所の光吉に願うたと。あん界隈では光吉がいちばん白髪岳に詳しかたい」

と帯刀が霧子を窘め、さらに、

「女子の姉さんが弟どんを訪ねればくさ、願掛け行を邪魔することになるたい。三七二十一日の間、人に接せず、口を利くことはでけん。おお、口が利けんのは、あん若衆にはいっちょん気になるめえ」

霧子は二人の話をどう受け止めるべきか、沈思した。その頭の中を、

「オクロソン・オクルソン様」

なる奇妙な精霊の存在が、なにかを訴えていた。

「あれこれと有難うございました。あとは天の運命に、弟の運にすべてを託します」

と霧子が言うのへ、

「そいがよか」

と帯刀が安堵したように言葉を洩らした。

霧子は、なぜ武者修行を志す者が武士の魂たる刀をこの浄心寺家に残したのであろうかと考えていた。

修行者は、己の心身を、

「無」

にして薩摩入りに賭けたのではないか。

「姉さん、どげんしなさるな。こん家で弟どんを待ちなさるな」

「いえ、私も弟も十分にお世話になりました。弟が命の次に大事な刀をこちらに残したのには曰くがなければなりません。いつの日か、弟が無事こちらに戻ってくるまで、刀をお預かりいただけましょうか」

「そげんこつは構わんたい」

霧子は、豊後関前藩御番衆重富利次郎と霧子の名を認めた紙片を帯刀に差し出し、

「なんぞあればお知らせ願えませんか。すぐに駆け付けます」

と願った。

霧子はこの日のうちに浄心寺家の人々が引き止めるのを振り切って屋敷を出た。

関前藩に戻るためではない。

人吉街道から横谷越えを経て、村所の光吉を訪ねるためだった。

霧子は横谷峠を目指して夜道をひたすら歩いた。雑賀衆育ちの霧子でなければできない芸当だった。


この日の夕刻、豊後関前藩の坂崎家に重富利次郎が呼ばれた。

国家老を務めた坂崎正睦が七十五歳の天寿を全うしたのは今夏のことだった。

坂崎家では亡き正睦から遼次郎に代替わりして、国家老を中居半蔵が務めていた。

当人は、

「わしは中継ぎ役ぞ」

と口にし、遼次郎ら若い世代が重臣に相応しい経験を積むまでと周りに宣言していた。

その中居半蔵と花咲の郷の奈緒や、磐音の妹伊代夫婦らが坂崎家に顔を揃えていた。

利次郎が姿を見せると、この屋敷の主の遼次郎が、

「利次郎どの、霧子さんから連絡はございませんか」

とまず質した。

利次郎は一同の顔を見て、首を横に振った。

「うちの孫が武者修行に発ったと思ったら、霧子さんまであとを追っていかれて行方知れずになってしまいました」

「母上、そのような言葉は利次郎様を傷つけます」

正睦の妻女照埜が利次郎の元気のない顔を見て言った。

伊代が言った。

この屋敷の当主遼次郎の実兄で関前藩旗奉行の井筒源太郎と伊代は夫婦ゆえ、この場にある者たちは血が繋がっていなくても、

「身内」

同然の者ばかりだ。

「いえ、伊代様、うちの女房どのは並みの育ちではございません。薩摩の国境には、外城衆徒なる防人がおるそうですが、霧子はそう易々と奴らの手に落ちる女子ではございません」

利次郎が自らの願いをこめて応じた。

「そうであったな、霧子は雑賀衆育ちゆえ、容易く薩摩の陰の者なんぞの手には落ちるまい。じゃが、照埜様が案じられるように連絡がないのはおかしい」

　中居半蔵がいささか不安げな顔で言った。

「中居様、それがし、つらつら考えるに、霧子は未だ武者修行の若者と会うていないのではございますまいか」

「利次郎、すでに薩摩入りしたということか」

「そこが今一つはっきりいたしません。霧子はしっかりとした証を摑んで関前に戻ってこようと考えておるのかと存じます」

「相手が薩摩ゆえ、なにが起こっても不思議ではない。なんとも落ち着かぬのは、利次郎ばかりではないわ。この場におられる照埜様をはじめ、皆が二人の行動を案じておるのだからな」

「どうしたもので」

　利次郎も困惑の顔をして一同を見廻した。

「利次郎様、霧子さんは近々元気な姿を私どもに見せてくださるような気がします」

　とそれまで黙って皆の話を聞いていた奈緒が言った。

「奈緒さんはこの中のだれよりも苦労を重ねた女子です。その奈緒さんの勘はおろそかにはできませんよ」

照埜が言い、そこへ遼次郎の女房のお英ら坂崎家の女衆が膳を運んできたのを見て、

「本日は、奈緒さんが利次郎さんを慰めようと呼びかけられた宴です。利次郎さん、もうしばらくご辛抱なされませ」

と一同に言った。

「ご一統様、さような催しとはつゆ知らず遅参してしまいました。皆様のお心遣い、有難きことにございます」

利次郎が礼を述べ、酒が一同に注がれていった。

「利次郎、奈緒の言葉ではないが、師走までには必ず霧子は戻る」

と言って中居半蔵が仏壇に向き直ると、

「ご家老どの、この場におらぬ者たちの命を守ってくだされ」

と献杯をして、一同がそれに倣った。

その日から三日後、霧子の姿は米良街道の村所の郷にあった。

一ッ瀬川と板谷川が合流する郷で猟師をして暮らす光吉は、山に入っているという。二、三日せねば戻らぬという家人の言葉に、霧子は光吉の帰りを待つことにした。

雑賀衆育ちの霧子だ。初めての山を迷わずに歩く自信はあった。

だが、季節は冬の最中である。それに帯刀らが話してくれた、精霊の、

「オクロソン・オクルソン様」

に霧子は畏敬の念を感じていた。

山深い尾根や谷間には、その地を支配する精霊が棲んでいることを雑賀衆育ちの霧子はだれよりも承知していた。

人の眼に触れないもの、感じ取れないものがこの世にあることを、霧子は信じていた。いや、人が理解できることなど、この世にあってごく一部にすぎない。

「オクロソン・オクルソン様」

が支配する地に行くには、土地の人間の案内が要る、霧子はそう確信していた。

村所の郷ではすでに春の仕度に入っていた。

数軒の家々の軒下には大根や柿が干されてあった。

第五章　願掛け行

一

　白髪岳は肥後国人吉藩領内にある海抜四千六百七十六尺（千四百十七メートル）の山で、さほど険しい山ではない。だが、未知の人間にとって、米良街道から尾股峠を経て南西に国境を目指すのは至難の業だ。

　猟師の光吉がいればこそ槻木川（つきぎがわ）の渓谷を越えて再び尾根へと辿り着く経路を上り得たと若者は思った。

　冬の頂きにはうっすらと雪があった。

「名無しどん、あれが市房山（いちふさやま）たい」

　と光吉が北東の方角の、やはり雪を頂いた山を差した。白髪岳より千尺は高いように思える。

「そんでくさ、こっちが韓国岳(からくにだけ)の山並みばい」

と光吉が南西の薩摩側の山並みを差した。

薩摩側には雪がない。

若者のいる頂きから目測で七、八里に薩摩国が望めた。白髪岳の南の足元は日向との国境だ。

「気ば配らんといかんのはこれからたい」

南へと下る前に光吉が頭を下げてなにかを祈願した。

若者も真似た。

すでに若者も気付いていた。これから下る南側の峡谷には、不思議な霊気が漂っているのを。昨夜降った雪と相まって、人を寄せつけない、

「静かなる威厳」

があった。

若者はこの精霊を味方につけない限り薩摩に入国できないことを、飫肥への道中、浄心寺帯刀から懇々と聞かされていた。

「よか」

と一言呟いた光吉と若者は、それぞれ竹籠を背負い直すと、霊気漂う国境の狗留孫神社へと下り始めた。

二人が背に負った竹籠には食い物や綿入れが入っていた。

冬の陽光が急速に傾き始めていた。

光吉は雪道を一歩一歩慎重に踏みしめながら、いったん木面谷(きじゃだに)に下りて再び上り始めた。

若者は黙々と光吉に従いながらも地形を頭に刻み込んだ。

なんとか微(かす)かな光が残っている間に目的地に到着した。

「こいがオクロソン・オクルソン様のお宮さんたい」

と光吉が差したのは、斜面の一角のわずかな岩場に建てられた狗留孫神社だった。

二人は安着の感謝とお籠りの許しを得るため、神社に拝礼した。

神社の背後の岩場に小屋があった。

米良街道から平然と従ってきた若者の体力に光吉は驚きを禁じ得なかった。案内人がいるとはいえ、他国者が一日の険しい行程をこなし、狗留孫神社まで辿り着いたのだ。

（これなら二十一日のお籠りもできよう）

と考えながら小さな板の間に荷を下ろし、光吉は岩場から流れる水を汲みに行った。小屋に戻ると、なんと囲炉裏に火が入っていた。

豊後関前藩と関わりがあるという若い武士が、この数月の国境歩きで山暮らしを学んでいた。

しかしながらこの狗留孫一帯は格別だった。

百太郎溝の名主の帯刀から懇々と聞かされてきた山歩きを明日からせよと告げられたのは、村所の郷で夕餉を食しているときのことだ。

（いよいよ薩摩入りに挑む）

ということは、

（外城衆徒と決着をつけよ）

ということだ。

帯刀の命に若者は黙って頷いた。これまで薩摩国の門前に立ちながら半年近くも国境を無為に歩き回ってきた若者だ。

最後の最後に拙速に走ることはないと考えた。

（捨ててこそ）

延岡城下の五ヶ瀬川で出会った遊行僧が無言裡に若者の背に手向けた言葉を若者は感じ取り、いまも脳裏に刻んでいた。

薩摩入りのために急ぐことはないと思った。

こうして二人は雪が積もった狗留孫神社に辿り着き、山小屋で一夜の眠りに落ちたのだ。

翌未明、足拵えも十分に光吉に案内されて天狗山三千百二尺（九百四十メートル）の尾根道へ上った。

帰り道、こんどは若者が無言で先に立った。六尺棒を杖代わりに腰には次郎助の形見の山刀を差した若者は、尾根道を飛ぶように走り出した。

「なんばするとな、危なかたい」

と光吉が叫んだが、若者はさらに足を速めていく。

山小屋に光吉が戻ったとき、夕餉の仕度がなっていた。

「侍じゃなかろ、山育ちじゃろ」

光吉が呆れた。

山を案内してくれた光吉への感謝の気持ちだった。

翌日から数日をかけた大平山三千六百九十六尺（千百二十メートル）、八ヶ峰三千二百二十尺（九百七十六メートル）、国見山四千百三十四尺（千二百五十三メートル）、猪之子伏四千六十八尺（千二百三十三メートル）、陀来水岳三千九百七十三尺（千二百四メートル）、さらには又五郎谷、皆谷など白髪岳付近の難所を光吉は若者に教えた。

すべて肥後へと通じる尾根道であることを若者は理解した。

薩摩に入ることができず、外城衆徒に追われたときの逃げ道を、光吉は若者に教えたのだ。

若者はそれが百太郎溝の名主、浄心寺帯刀の命に従ってのことだと察していた。

最後の夜、光吉が、

「名無しどんならたい、どげん難儀も乗り越えられようたい」

と山歩きが終わったことを告げた。

翌未明、光吉は米良街道の村所へと戻っていった。

そして、若者は山小屋の下から流れ出る石清水で身を浄めて、狗留孫神社の小さな拝殿前で三七二十一日の薩摩入りの願掛け行に入った。

帯刀は、

「無心にオクロソン・オクルソン様に薩摩入りば願いない」

と若者を諭した。

若者はその言葉に従い、未明から狗留孫神社の拝殿前で結跏趺坐（けっかふざ）して瞑目し、無心に願った。

最初の日の行を終えて両眼を見開いたとき、郷人が、

「石卒塔婆（せきそとば）」

と呼ぶと光吉が教えてくれた巨大な石柱がその眼に飛び込んできた。

卒塔婆とは、梵語（ぼんご）で高くそびえる「塔」の意味だ。

その日、光吉が米良街道の村所に戻ると、若者の姉という霧子が待っていた。

光吉の女房がその事情を説明した。

「百太郎溝の名主さんに、うちのこと聞いてこられたとな」

「山中で二十一日の行をなしているとか、名主様にお聞きいたしました」

「へえ、今朝から行に入られたと」

「弟は元気ですか」

「元気どころではなか。猟師のおどんが追いきらんほど山道ば走られると」

「それを聞いて安心いたしました」

霧子が若者の息災を知って返事をした。

「光吉さん、弟は行を終えたあと、どうするつもりでしょうか」

霧子のこの問いにはすぐに答えず、光吉はしばらく考え込んだ。

「あん人はなんも口を利かんたい。百太郎溝の名主どんが狗留孫神社に案内ばせえち、おどんに言いなはったとはたい、若衆にオクロソン・オクルソン様の、お告げば聞かせようとしてのことたい」

「弟は、お告げに従い、薩摩入りを決断するのですね」

「おどんはそげん考えもした」

と光吉が丁寧な口調で答えた。

霧子は考えた。

利次郎に無断で関前の屋敷を飛び出して幾月になるのか、雑賀衆の女子であれば、どのような行動も許された。だが、いまは豊後関前藩の御番衆の女房だ。

若者が息災にしていることだけを、

「土産（みやげ）」

に関前に戻るか。

（それはできない）

と思った。

「姉さん、どげんしやったとな」

「光吉さん、もし許されることなら、行が明けて弟が無事に国境を越える姿を見届けて、関前に戻りとうございます」

「そぎゃん考えておらすと思うとった」

光吉が言った。

女子は立ち入ってはならぬ山だった。だが、あの若者もこの姉さんも並みの人間でないことを光吉は感じ取っていた。

「こぎゃん家たい、うちでそん日ば待たんね。おどんが案内しようたい」

と約束した。


若者は精霊が支配する川内川の最上流部の狗留孫峡谷を見下ろす、高さ六十尺余の石卒塔婆の頂きに座して瞑目していた。

行を始めて二日目、神社拝殿の前で行を行うより石卒塔婆の頂きのほうが、より「オクロソン・オクルソン様」に願うのに相応しいと考えたのだ。

高さ六十尺余の石柱は幅二間（三・六メートル）もない自然の、

「卒塔婆」

だった。

若者は素手で卒塔婆の尖りや凹(くぼ)みを探し、両手両足を使い、右に左に身を移しながら卒塔婆の頂きになんとか攀(よ)じ登った。

一刻ほど要したが、卒塔婆の頂きから見る光景は絶景だった。

そそり立つ自然の石卒塔婆の眼下には川内川の流れが瀬音を立てていた。山に雨が降った日には石卒塔婆の眼下に滝が出現すると光吉は言っていた。

若者は無念無想に心身をゆだねて夕暮れの刻限を待った。

石卒塔婆への登りは三日もすれば半刻になり、五日目には四半刻あれば登りきれるようになっていた。

石卒塔婆の四周の凹(へこ)みや足場を完全に体が記憶したからだ。

そんな繰り返しの日々の中、若者の行動を眺める、

「眼」

を感じた。

久しぶりに出現した外城衆徒の面々だ。

だが、若者は一切関心を示さなかった。

十日が過ぎ、未明に石卒塔婆に這い上がる若者の動きがぎこちなくなった。狭い石の上で座禅を組んで一日の大半を過ごすため、体が強張ってきたのだ。

次の日、若者は六尺棒を背に負って石卒塔婆に攀じ登った。

精霊が支配する狗留孫峡谷に向かい、いつものように一礼して座禅を始めた。そして、一刻の座禅を終えると狭い頂きに立ち上がり、再び峡谷に拝礼して、背負ってきた六尺棒を摑み、虚空六十尺余の頂きで振るって体を動かし始めた。

若者にとって、瞑想も座禅も六尺棒での武術稽古も持つ意味は同じだ。剣の道を究めるための行いだ。

最初、石卒塔婆の高さの恐怖より狭さが気になった。その狭さを五体に覚え込ませるために、ゆっくりと六尺棒を槍折れの基どおりに動かした。そうして足先に自然の、

「道場」

の狭さを覚え込ませた。

三日四日と続けるうちに若者の体が石卒塔婆道場の、

「空間」

を認知した。となれば、三百畳の広さの道場も半畳の空間も同じことだ。人が

立つのに半畳は広すぎる。

若者の座禅と棒振りを「オクロソン・オクルソン様」に奉献するように神経を張りつめて捧げた。

相変わらず、

「監視の眼」

は続いていた。

だが、若者の石卒塔婆の上での、

「行」

に変わりはない。それればかりか最初緩やかだった動きが滑らかになり、流れに緩急が加わった。

一日一日が過ぎていく。

行の最中、白髪岳付近に雨が数日降り続いた。ために滝が石卒塔婆の下に現れた。

轟々たる滝音であった。

二十一日の行が残り三日となったとき、白髪岳付近に雪が舞い始めた。

若者は足袋の上に草鞋を履き、いつも以上に紐をしっかりと固く結んで、石卒塔婆に攀じ登った。

辺りは銀世界に変わっていた。

雪が滝壺へと舞い落ちていった。

若者はいつものように狗留孫神社をはじめ、狗留孫峡谷の精霊たちに拝礼をなして座禅に入った。

一日一食と行の暮らしで若者の体はさらに痩せていた。

（だが、生きている）

若者はいつも以上に感覚が鋭敏になっている己を感じていた。

座禅を終えたとき、監視の眼が狭まったのを若者は察した。だが、一日の予定を変えることはない。

雪が激しく降る虚空の石卒塔婆道場で六尺棒を両手で振るい、片手で引き回し、飛び上がりつつ両手で雪を突き、切り分けた。

冷えた体にどくどくと血が流れる感じがあった。

痛みを伴った「生」の実感だ。

この日、若者は石卒塔婆の上で、鈍色の虚空から限りなく霏々（ひひ）として降る雪と、無限の格闘を、いや、雪とともに、

「願掛け行」

を続けた。

若者は己に言い聞かせた。

（蟬は光を見るために何年も地中の闇で耐え忍ぶのだ）

若者の耳に牛ノ峠で聞いた蟬しぐれが響いていた。

（よし、己が目指す地はそこに見えておる）

そんなことを考える若者の耳に声が響いた。

（跳べ、なにも考えることなく身をゆだねよ）

精霊の声か、外城衆徒の囁きか、若者は判断がつかなかった。

その夕暮れ、雪がやんだ。

若者は石卒塔婆を下りるその背に矢を射掛けられる恐怖を感じつつ、なんとか雪の山道に下りた。

山小屋に転がり込んだ。

（あと二日）

いや、

（もう二日で決断の刻が来る）

若者は悴(かじか)んだ手で火を熾(おこ)し始めた。

「亭主どん、白髪岳の若い衆はどげんしとらすやろか」

ゆうが亭主の帯刀にぽつんと訊いた。

「山は雪たいね」

「寒かろ」

「あん若衆なら気張り通しなはろ」

「薩摩の山ん者が悪さはせんやろか」

「狗留孫におるかぎり、外城衆徒も動けんたい。『オクロソン・オクルソン様』がたい、許さんと」

「そげんならよかがな」

「おゆう、あと二日三日で行も終わろうもん」

「名無しどん、どげん途(みち)ば選ぶやろか」

ゆうは若者を懐かしく思い出していた。

「姉さん、明日は山に入るばい」

米良街道の村所の郷の囲炉裏端で猟師の光吉が言った。

「はい」

霧子は毎夜囲炉裏端の灰の上に竹ひごを立てて、十九本が座の前に並んでいた。

「雪が降るけんね、近か山越えはでけんもん。明日はくさ、横谷越えで免田から白髪岳に入るたい。明晩はたい、百太郎溝の名主どんの屋敷にくさ、いったん泊めてもらうと」

えっ、と霧子が光吉を見た。

「どげんしたな、姉さん」

「いえ、私が未だこの界隈にいることに名主様が驚かれるのではないかと思ったのです」

「姉が弟を心配するのは当たり前のことたい」

「はい」

霧子は頷き、精霊が棲むという狗留孫峡谷は、どのようなところであろうかと思った。

弘法大師が開いた高野山の内八葉外八葉の姥捨の郷に育った霧子にとって、人の眼に見えない精霊たちが棲んでいる地があることは当たり前のことだった。

若者はそんな狗留孫の精霊に己の将来を託そうとしていた。

「進むか、退くか」

若者は願掛け行の間じゅう己に問いかけてきたはずだ。どちらにしろ、明後日には、

(会えるのだ)

と思った。

「光吉さん、旅仕度をしておきます」

と霧子は言い残して囲炉裏端から立ち上がった。そして、十九本の竹ひごに眼を落として、

(あと二本、二日ですよ)

白髪岳の山中にいる若者に呼びかけた。

二

三七(さんしち)二十一日の願掛け修行を終える前日、再び氷雨(ひさめ)が白髪岳山中に降った。

若者はいつものように狗留孫神社下の岩場から湧く石清水で身を浄めた。足を

武者草鞋で固め、六尺棒を背負い、石卒塔婆に手をかけた。

その様子を遠くから見守る、

「眼」

があった。

その「眼」は白髪岳を囲むように三方から見張っていた。

おそらく国見山、八ヶ峰、小白髪岳、猪之子伏、大平山の山々からであろう、と若者は石卒塔婆に登る前に考えた。

だが、その「眼」の主たちの気配は、狗留孫峡谷にはなかった。いや、彼らとて立ち入ることができない聖域なのだ。

薩摩の国境を守護してきた陰の者、外城衆徒とか山ん者と蔑まれるように呼ばれる面々であろう。

この外城衆徒の長が何者か、また幾百人で構成されているのか若者に話してくれた者はいなかった。だれもが、おそらくは薩摩人でもごくごく一部の者しか知るまいと若者は考えていた。

薩摩入りを阻む外城衆徒は、古から島津一族のために陰御用を務めてきた連中だ。そのような者たちが各大名家にいることは、雑賀衆姥捨の郷生まれの若者には分かっていた。

外城衆徒が薩摩入りしようと企てる者を阻止するのは、一党の務めなのだ。なんの異論もなければ、憎しみもない。

だが、矢立峠で親切にも一夜の相宿を許してくれた球磨郡宮原村の隠居浄心寺新左衛門、こう、次郎助を無残にも殺し、若者に、

「警告」

を発した行為は許されざる所業だった。

薩摩入りして武者修行をなす決意は変わらなかった。そのためには、国境を守る外城衆徒と事を構えることは得策でないことも承知していた。

だが、若者は浄心寺新左衛門らの仇を討って薩摩入りする、敢えて難儀な途を選ぼうとしていた。

若者は、呼吸を整えると、山の斜面からおよそ六十尺余もそそり立つ石卒塔婆に手をかけた。悴んだ手に息を吹きかけて、登り慣れた岩場の一箇所に足をかけ、岩の凹みを摑んだ両手に力を入れて、身を持ち上げた。さらに一段、もう一段と登りながら、体を石卒塔婆の狗留孫峡谷側の石壁に回り込ませ、ゆっくりと確実に身を持ち上げていく。これならば、外城衆徒も矢を射掛けられなかった。

若者は口の中で、

「南無大師遍照金剛」

と幼い頃に覚えたお題目を唱えた。この地を守る精霊、土地の人が畏敬を込めて呼ぶ、

「オクロソン・オクルソン様」

へ許しを得る術はこのお題目しか知らなかった。

石卒塔婆を半分ほど登ったところで、視界が少し開け、足元から滝音が耳に伝わってきた。

石卒塔婆を原生林が取り囲んでいた。だが、石卒塔婆を七合目ほど上りつめると原生林の枝葉は少なくなり、巨大な石卒塔婆が緑の上の虚空に屹立しているのが分かった。川内川の源流と滝壺は石卒塔婆の頂きから百尺以上も下に見えた。

空が白んできて、雨は強くなったり弱くなったりしながら間断なく降り続いていた。

若者の動きに変わりはない。停止することも急ぐこともない。一定の速さで四半刻余りをかけ、石卒塔婆の頂きに立っていた。

まず狗留孫の精霊たちに拝礼し、

「本日も修行させてくだされ」

と願った。さらに狗留孫神社のほうに体の向きを変えて、拝礼を繰り返した。

背負った六尺棒を狭い頂きの道場に置き、結跏趺坐して座禅を組んだ。

師走の冷たい雨が若者の五体を襲ったが、ただ無念無想に努めようと気を集中した。

一刻後、若者は瞑想を解き、狭い頂きの道場で、ゆったりとした動きから手にした六尺棒を振るい始めた。

物心ついたときから体を造るために教え込まれた、

「槍折れ」

の動きだった。

若者は尚武館道場の客分、富田天信正(とだてんしんしょう)流の槍折れの達人小田平助に幼い頃から稽古をつけてもらっていた。

突き、払い、振り下ろし、振り上げ、またわが身の動きと一緒に緩く早く回転させた。

その動きは狗留孫峡谷の滝壺に滔々(とうとう)と流れ込む水音とは対照的に、静かにして滑らかだった。

二十日目、若者はすでに石卒塔婆道場を熟知していた。

この世の空間は、直線で囲まれたものと円で囲まれたものに二分されると若者は考えていた。

直線によって囲まれた空間には広さの大小が生じた。だが、円ならば内側を進めば、

「無限」

であった。

その考えを信じて若者は動きを繰り返す。

雨は間断なく降り続く。

若者の「行」もやむことはなかった。

いつもの刻限、いつものように終わりを告げた。

若者は再び狗留孫の精霊と狗留孫神社の神に、一日の行を無事に果たせたことを感謝して拝礼した。

石卒塔婆を下りる前に改めて四方を見廻した。

東、北、西の方角に潜む外城衆徒は、ひっそりとしていた。

国境とはいえ、一党は肥後領内に入り込んでいた。

だが、石卒塔婆の南側は「オクロソン・オクルソン様」が支配する聖域だった。三方とは明らかに違った。

神聖にして荘厳な霊気に包まれていた。精霊たちが支配する証だった。

若者は再び精霊に一礼し、六尺棒を背負い直して石卒塔婆を下り始めた。


同じ刻限、光吉と霧子は人吉藩領球磨郡宮原村の百太郎溝の名主の屋敷を訪ねていた。

帯刀もゆうも、霧子が光吉に同行してきたことに驚く様子はなかった。帯刀が、

「いよいよ結願（けちがん）の日がや」

と二人に話しかけた。

「へえ」

「山は寒かろな」

「へえ」

「あん若衆ならたい、必ずやり遂げるたい、姉さん」

帯刀が霧子に言った。

「そう願っております」

二人はその日の夕餉を馳走になり、早々に床に就いた。

光吉は深夜の八つ（午前二時）には村を出ると霧子に命じていた。

霧子は床に就く前に関前の利次郎に向かい、

（おまえ様、相すみません。数日後には関前に戻ります）

と声をかけて眠りに落ちた。


そのとき、若者は囲炉裏端で一日一食の夕餉を終え、この二十余日世話になった山小屋の掃除を始めた。

狭い小屋だ、すぐに綺麗（きれい）に片付いた。

光吉と一緒に竹籠を背負って運んできた食い物はほぼなくなっていた。わずかに残った物は狗留孫神社に貢物として残しておくつもりだった。

若者は綺麗に洗った鉄鍋に石清水を汲むと、囲炉裏の自在鉤にかけて湯を沸かした。その湯で身を浄め、ゆうが用意してくれた下着に着替えて眠りに就いた。

眠りに落ちる前に、三七二十一日の願掛け行が終わったとき、どう行動すべきか、若者の脳裏には未だ考えが浮かんでいなかった。

ただ、

（捨ててこそ）

という無心が若者を捉えていた。そして、最後の夜の眠りに落ちた。

深夜、外城衆徒らが動いた。

若者が行をなす石卒塔婆の周りに集まってきた。だが、石卒塔婆には手を触れることはせず、それを囲むように生い茂った檜葉の原生林の大木に攀じ登っていった。そして、何百年もそこにある大木に同化するように隠れ潜んだ。

若者は、眠りの中で外城衆徒の気配を感じ取っていた。だが、山小屋を襲う真似はすまいと、眠りを優先させた。

未明の寒さの中で目覚めた。

（しんしんと雪が降っている）

と思った。

未明から雨が雪に変わったのだ。

若者は狗留孫神社に残していこうと思っていた米で粥を作ることにした。

この日、どのようなことが起こるか知れなかった。そのために少しでも体に力を残しておきたいと考えたのだ。

最後のひと摑みの米を研ぎ、囲炉裏の火で粥を拵えた。それをゆっくりと口に含んで食した。すると体の中に温かくも生気が湧いてきた。竹籠には干し柿が二つ残っていた。供物にしようとした一つを頂戴(ちょうだい)することにした。

土鍋を洗いに山小屋の外に出ると、音もなく雪が降り、斜面にも四寸ほど積もっていた。

若者は鉄鍋を洗い、口を漱(すす)ぎ、山小屋に戻った。

囲炉裏の火に灰をかけて消し、身の回りのものを竹籠にまとめて綿入れなどを残した。

若者が最後まで拘(こだわ)ったのは、次郎助の形見の山刀だった。木の鞘に納まった山刀は、山の暮らしでは便利な道具だった。

なにが起こるか分からない国境では携帯したほうが無難と判断した。また次郎助が若者を守ってくれるような気もした。

だが、しばし迷った末に山刀を竹籠に入れて残した。

どのような出来事が起ころうと、

「身一つ」

で対処する、それが若者の決めたことだった。

履き慣れた足袋の上に昨晩拵えた草鞋を履いた。

旅の始まりに牛ノ峠で出会った老杣人が、一夜泊めてくれた陣之尾の家で草鞋づくりを教えてくれた。ために光吉の家から藁を竹籠に入れて持参していた。

山小屋の土間で新しい草鞋の履き具合を試してみた。いささか武骨だが、頑丈にできていると思った。

六尺棒だけを持ち、残った干し柿などわずかな食料を貢物として狗留孫神社に供え、行が終わることに感謝した。だが、なにかを願うことはしなかった。

すべては己の力にかかっているのだ。そのために身を捨てる覚悟だった。

雪は相変わらず涔々(しんしん)と降り続き、修行の場の石卒塔婆もうっすらとしか見えなかった。

(参ります)

と胸の中でこの地に別れを告げた。そして、山道を下りながら、待つ人がいることを感じ取った。だが、相手から仕掛けてこないかぎり、若者から動くことはない。ただ、最後の二十一日目の、

「行」

を果たすことに専念することにした。

石卒塔婆の前に出た。

檜葉の原生林の中だ、雪はさほど降り積もってはいなかった。

若者は、手を冷たい石卒塔婆にかけた。

(賭けだ)

と思った。

若者が石卒塔婆を登る間に外城衆徒が攻撃してくるようならば、抗えぬまま殺されるであろう。

だが、外城衆徒にも矜持(きょうじ)はあると思った。抗えない者を責め殺すのは、他国では控えるのではないか。

若者はこれまで高岡筋の去川の関所前でも、また出水筋の野間の関所近くの国境、境川でも外城衆徒を挑発するように、木刀の素振りを繰り返してきたのだ。

その若者を薩摩領内に一歩たりとも入れないのは役目柄当然のことだ。他国領で若者を斃すとしたら、正面から戦いを挑んでくるのではと、若者はその考えに賭けていた。

ゆえに無防備の身を晒(さら)していつものようにゆっくりと、石の感触を確かめながら上っていった。

石卒塔婆が檜葉の原生林の上に抜けた。

雪が横殴りに降っていた。

滝音がいつもとは違う音を響かせていた。

若者は三七二十一日目の願掛け行の場に辿り着いた。

外城衆徒は若者を斃すべき絶好の機を逃したのだ。ということは最後の攻撃を定めたということか。

もはやさような考えは若者にはどうでもよいことだった。

石卒塔婆の頂きも真っ白に雪が染めていた。

いつものように「オクロソン・オクルソン様」に拝礼し、狗留孫神社に向き直った。

真っ白な世界の中に狗留孫神社はかき消えていた。それでも若者はこれまでの願掛け行に感謝して一礼した。そして、再び「オクロソン・オクルソン様」の支配する谷に向き直り、六尺棒を背から下ろし、結跏趺坐した。

無心を心がけ、「オクロソン・オクルソン様」の支配する地に同化して最後の行に集中した。

若者の胸に、

(なにが望みか)
という声が響いた。
(オクロソン・オクルソン様ならばご存じのはず)
笑い声が応じた。
(聞き届けよう)
と声が応じた。
(有難き幸せにございます)
(じゃが、そなたもわしに応じなければなるまい)
(なにをなせばようございますか)
(己に問え)
しばし沈思した若者が答えた。
(畏まりました)
若者は結跏趺坐を解き、瞑目した両眼を開いた。
雪が弱まっていた。
光吉に山案内された霧子は、温迫峠で一息ついた。

「姉さんはまっこと関前藩の家来衆の嫁女な」

光吉が驚きの声を上げた。

「おどんは山歩きに慣れた猟師たい。そん猟師がたじたじたい」

光吉がさらに言葉を継いだ。

「光吉さん、弟が気にかかって急ぎました」

霧子が言い訳した。

「いや、そげんこっちゃなか。姉さんは、まるで外城衆徒の仲間のごたる。こりゃ、並みの女子じゃなか」

と応じた光吉の言葉には訝しさが込められていた。

「光吉さん、私の身の上を話すと長くなります。一つだけ答えておきます。私も弟も紀州の高野山中、雑賀衆の下忍の郷で育ちました。だから、薩摩の国境に外城衆徒のような面々がいると聞いても驚かないのです」

「どうりでな、ただ者じゃなかばい」

光吉の返事から不審が消えていた。

「その私でさえ、肥後、薩摩の国境の厳しさには驚きました。私どもが参ろうとしている狗留孫峡谷は未だ遠いのですか」

霧子も正直な気持ちを告げた。

「姉さんの足ならたい、あと一刻じゃな」

「では、参りましょうか」

霧子は最前から胸騒ぎがしていた。

峠道に降る雪がだんだんと小降りになっていた。

「姉さん、猪之子伏、こっちが木面谷たい。もう少しの辛抱たい」

二人は尾根道から谷道へと下っていった。

若者は寒さとしびれを感じながらゆっくりりと石卒塔婆の頂きで立ち上がった。

その瞬間、三方の檜葉林から殺意が放たれているのを感じ取った。

三

精霊「オクロソン・オクルソン様」が支配する狗留孫峡谷が、小降りになった雪の間から見えた。そして檜葉の原生林の間から川の流れが望めた。

足元では轟々と音を立てて流れが滝壺へと落ちていた。

手足も体も寒さに悴んでいた。

若者は六尺棒を杖にして高さ六十余尺の石卒塔婆に立っていた。

（オクロソン・オクルソン様、結願の時を迎えました。有難きことに存じます）

と「行」を無事果たせた感謝を述べ、一礼した。さらに体を回して狗留孫神社へと拝礼した。

若者は三七二十一日の「行」を乗り越え疲れ果てていた。だが、その五体を清々しくも霊気が吹き抜けていた。

雪が積もった狗留孫峡谷から石卒塔婆に向かい、温かい気が流れ込み、若者を包み込んだ。

次の瞬間、強弓の弦音を聞いた。

遠くの山々からではない。

石卒塔婆を囲んだ檜葉林の中からだ。

短矢が三方から飛来した。

若者は手にしていた六尺棒を両手に構えると、石卒塔婆の上で、
くるり
と舞った。

六尺棒が、ちらちらと舞う雪を切り裂いて飛来する短矢をからめとるようにして軽やかに叩き落とした。

さらに多くの短矢が若者の足元を狙い、飛んできた。さらに顔や胸を目がけて飛んできた。

若者が石卒塔婆の上で跳躍し、足元の短矢を避けると六尺棒でその他の矢を叩き落とした。だが、叩き落とせずに若者の腕を掠めていった矢もあった。

ぴりぴり

とした痛みが走った。

矢先に毒が塗ってあるせいか。

若者が結跏趺坐した道場の一角だけ、雪が消えていた。その場を踏んだ若者の体がよろめいた。

矢の襲撃がやんだ。

檜葉林の中から鉤の手が付いた縄が伸びてきて若者の体をからめとった。

一本だけではない、三本四本と若者の五体に巻きつき、動きを封じようとした。

若者は「行」の唯一の供だった六尺棒を片手に持ち替え、もう一方の手で体に巻きついた縄を掴むと、石卒塔婆の頂きで飛び上がり、

くるり
と虚空で体を回した。

その不意打ちともいえる動きに、縄を手にした外城衆徒が檜葉の枝葉の間から次々に飛び出てきて、狗留孫峡谷へと落下していった。

悲鳴が長く尾を引き、またもや激しく降り出していた雪を割って滝壺へと落ちていった。

若者は身に巻きついた鉤縄を外した。

檜葉林の中から蝙蝠(こうもり)が飛翔するように、外城衆徒たちが薩摩拵えの忍び刀を構えて若者に襲いかかってきた。

若者は手にしていた鉤の手の付いた縄を、飛来する陰の者へと投げつけた。鉤の手が「蝙蝠」を捕らえて、その動きを封じ、狗留孫峡谷へと転落させていった。

だが、二つの「蝙蝠」が刃を翳(かざ)して若者に襲い来た。

若者は六尺棒を振り翳して、襲い来る「蝙蝠」を叩き落とした。次の「蝙蝠」に狙いを定めたとき、目が翳(かす)んで足がよろめいた。

最前腕を掠めた短矢の毒が回ってきたか。

それでも、檜葉林の枝のしなりを利用して跳躍する「蝙蝠」を六尺棒で叩き落とした。

戦いは始まったばかりだ。

不意に雪がやみ、狗留孫峡谷一帯に光が差した。

若者は外城衆徒がどれほどの人数なのか承知していなかった。次々に新手を繰り出し、若者を襲い続けた。

若者は翳む視界とよろめく足腰で六尺棒を振るい続けた。

物心ついてこのかた、剣術の基となる足腰を鍛えるために重い槍折れを手に飛び跳ねてきた、

「稽古」

と、

「意地」

が若者を動かしていた。

生死をかけての長い戦いになることは覚悟の前だ。

短矢が再び檜葉林から射られ、若者の脇腹を掠め、太腿（ふともも）の肉を削（そ）いでいった。

（オクロソン・オクルソン様、わが戦いをご覧あれ）

若者は精霊に呼びかけながら石卒塔婆の上で抗うことをやめなかった。

いつしか戦いは朝から昼へと移ろっていた。

降ったりやんだりする雪が若者の意識を覚醒させてくれた。

若者を衝き動かすのは、剣術の道を学ぶために修行したいという一念だ。この最初の戦いを生き抜かねば、若者の、

「夢」

は潰える。

(なんとしても生き抜く)

その気持ちが痺れていく体を動かし続けた。

若者は、新左衛門ら三人の仇を討つことを忘れて戦っていた。

光吉と霧子は、白い檜葉林の中、陀来水岳から雪の白髪岳まで上りつめていた。

「姉さん、狗留孫神社がもうすぐ見ゆると」

と先を行く光吉が後ろに従う霧子に話しかけたとき、霧子は、

「異変」

を感じ取っていた。

「光吉さん、先に行かせてください」

と願うと必死に雪道を這い上がった。後ろから従う光吉が、

「姉さんはほんなこつ何者な」

と改めて驚愕するほどの動きだった。

光吉も猟師の意地で霧子を追った。

この界隈の山を知らぬ霧子を言い知れぬ、

「恐怖」

が衝き動かしていた。

二人は小さな尾根に立った。

霊気が東から南にかけて覆っていた。さらに霧子たちの視界を幻惑するように、降り積もった雪の壁がすべてを閉ざしていた。

「姉さん、なにがあったと」

光吉が訊いた。

「狗留孫峡谷はあちらですね」

霧子が狗留孫峡谷を的確に差した。

「ああ、『オクロソン・オクルソン様』がおられる谷たい」

と光吉が答えたとき、雪が降りやみ、視界が開けた。

雪を被った檜葉林が霧子らの眼下に見えた。

その中に石卒塔婆がそそり立ち、若者が立っていた。そして、その周りには外城衆徒と思しき面々の気配があった。

(生きている)

と霧子は安堵した。

半年ぶりの姿だった。別れた日より若者の体は痩せ衰えていた。だが、闘争心は漲(みなぎ)っていた。

霧子の見つめる中、若者が六尺棒を構えて背筋を伸ばし、辺りを睥睨(へいげい)した。

このとき、若者は牛ノ峠に立った折りに若者を迎えた蟬しぐれを聞いていた。

そして、

(己は未だ声なき蟬だ、光の中で鳴き続ける蟬ではない)

と思っていた。

(さあ、参れ)

と無言で周りを見回した。

檜葉林の中から無数の短矢が射掛けられた。

若者は飛び来る短矢を六尺棒で次々に叩き落としていった。

虚空にそそり立つ石卒塔婆の頂きで、若者は舞うような動きで六尺棒を操っていた。

だが、敵は多勢、若者はたった独りだ。それに短矢に塗られた毒が動きを奪っていく。そして、新たな短矢が若者の体を掠めて、

「意識と力」

をさらに奪っていくのが分かった。


「姉さん、薩摩の山ん者たい」

光吉が泣くような声で言い、

「どもならん、どもならん、姉さん」

と呟いた。

霧子は、

(雑賀衆の隠れ里育ちの意地を見せて)

とぼろぼろになりながらも戦いをやめない若者に訴えかけていた。

若者は意識がかすれていくのが分かった。

（剣術家を志したのだ。死ぬならば立って死ね）

と己に命じた。

そのとき、若者に声が届いた。

（身を捨てよ）

「オクロソン・オクルソン様」の声だ、と若者は思った。そして、旅の始まりに出会った遊行僧が若者の背に無言裡に投げかけた、

（捨ててこそ）

との言葉が重なった。

（オクロソン・オクルソン様、どうせよと申されます）

薄れる意識の中で問うた。

（身を捨てよ）

その言葉が再び響いた。

その言葉と重なるように外城衆徒の最後の攻めが始まった。檜葉の枝が揺れて雪が舞い散った。

外城衆徒が虚空高く舞い上がり、三方から薩摩拵えの直刀を突き出して若者に

襲い来た。

外城衆徒も命を張って、一人の若者に向かって攻撃を仕掛けてきた。なぜかくも執拗に、未だ薩摩へ一歩たりとも足を踏み入れていない若者に攻撃をかけてくるのか、若者はその理由を知らなかった。ただ、眼前の戦いに集中していた。

三人の外城衆徒が同時に石卒塔婆に舞い降りながら、刃を振るった。

若者は手にした六尺棒を支えに、最前まで結跏趺坐をしていたところに身を這わせた。

そのために決死の覚悟の三人の刃が空を切った。それでもなんとか石卒塔婆の頂きに足を掛けた。

狭い場に四人が犇めいていた。

若者が一人の足首を摑んで捻った。三人の連携が乱れた。

その隙に若者が二人の股を抱え上げて立ち上がった。残った一人が若者の肩を斬り付けた。

「ああー」

と光吉が悲鳴を上げた。

霧子は黙したまま若者の反撃を待った。

若者の得物は唯一、六尺棒だけだった。その得物は三人の外城衆徒に囲まれて動きを封じられていた。

若者が二人を抱え上げると虚空へ放り投げた。そのとき、六尺棒が石卒塔婆から谷間へと転がり落ちていった。

石卒塔婆に若者と外城衆徒の一人が残された。

ふらつく若者に外城衆徒が薩摩拵えの直刀を突き出した。避ける余地も体力も残っていなかった。

霧子の眼には、腕で刃を弾いたように見えた。だが、切っ先が体に突き立っているようにも見えた。

(ああ)

霧子が初めて悲嘆の声を洩らした。

それでも若者は外城衆徒の首を長い腕で絞め上げ、最後の力を振り絞って狗留孫峡谷へと投げ落とした。

石卒塔婆の頂きに若者独りが刃を突き立てられてよろめき立っていた。

(生きるのよ)

霧子は何百尺か離れた石卒塔婆を祈るように見詰めた。

刃を抜いた若者が薩摩拵えの忍び刀を檜葉の林へと捨てた。

「オクロソン・オクルソン様」の支配する神域に若者だけが在った。

再び小雪が舞い始めた。

長い時が流れたように思えた。

若者の心に蟬しぐれが響いていた。

(声なき蟬に終わるのか)

もはや若者には力が残っていなかった。

(身を捨てよ)

「オクロソン・オクルソン様」の声が蟬しぐれの間から聞こえた。いや、幻聴か、聞こえたと思っただけか。

霧子は見ていた。

実の弟以上の間柄の若者が最後の力を振り絞って石卒塔婆の上に立っているのを。

そのとき、
ゆらり
と身が揺れた。

だが、立ち直った。

しばらく腰を落としたままの姿勢でいた若者が大きく前のめりになるや、石卒塔婆から身を投げ出すように姿を消していった。

若者は滝壺に向かって落ちながら、蟬しぐれを聞いていた。だが、凍(い)てつくような滝壺に落水したとき、一瞬にして意識が途切れ、蟬しぐれもやんだ。

「ああー」

と霧子が呻き声を洩らし、

「どげんもこげんもならん」

と光吉が最前から幾たびも繰り返してきた言葉を吐いた。

重い沈黙が辺りを支配した。

生き残った外城衆徒たちが仲間の骸を担いで、狗留孫峡谷を見下ろす地から薩摩へと消えていった。

霧子には彼らの気配が分かった。

「弟どんは滝壺に嵌(はま)ったと。あん滝は骸が上がらん滝たいね」

と光吉が言った。

霧子はなにも答えなかった。

長い無言の時のあと、

「探します、弟の生死を確かめるわ」

「姉さん、止めはせん。好きにしない」

光吉が霧子の言葉に従うと言い、霧子と光吉は若者が落ちた滝壺に向かって険しい雪道を下り始めた。


重富利次郎は関前藩の二ノ丸内にある藩道場で独り稽古をしていた。

霧子が「武者修行者」の安否を確かめんとして屋敷を出て幾月が過ぎたか。

雑賀衆育ちの女子ゆえ、御用で屋敷をあけることもあろうとは承知していた。

だが、まさかこれほど長く関前藩の屋敷から姿を消すとは思ってもみなかった。

(二人は会うたのか。息災でおるのか)

利次郎はそんなことを考えていた。

腰には真剣があった。

無銘ながら備前作と鑑定された刃渡二尺六寸一分の業物(わざもの)だった。関前藩に仕官した折り、背の高い利次郎に合わせ、父が贈ってくれた一剣だった。

利次郎は己の胸のざわめきを鎮めるように、丁寧に抜いては直心影流の正眼の構えに置いた。そして、ゆっくりとした動作で鞘に戻した。

そんな動作を何度繰り返したか。

不意に人の気配を感じて道場の一角を見た。

人影が一つ、ひっそりと利次郎の動きを見つめていた。

「霧子」

利次郎は刀を鞘に納めると、霧子のもとへ走り寄った。その顔を見たとき、利次郎は悲劇が出来(しゅったい)したことを察した。

利次郎は霧子の体をひしと抱き寄せ、

「ご苦労であったな」

と優しくも声をかけた。

四

寛政八年(一七九六)が明けた。

江戸の神保小路、直心影流尚武館道場では正月十一日、恒例の具足開き(ぐそくびら)が催され、大勢の門弟衆が集まり、賑やかにも直心影流の発展を寿ぐように熱心な稽古が行われた。

稽古着で竹刀を振るい、汗をかく門弟ばかりではない。

先代の道場主佐々木玲圓の盟友速水左近や古参の門弟衆らが見所から見物していた。

師範代格の松平辰平、神原辰之助、小梅村の尚武館道場で師範代を務める田丸輝信らが打ち込み稽古の指導をなすのだ。十四、五歳の若手をはじめ、中堅の現役門弟衆もいい加減な稽古はできなかった。

道場主坂崎磐音自らも稽古着姿で眼を光らせ、一人ひとりに声をかけ、木刀を手に取って構えを示してみせた。

熱気が道場いっぱいに溢れていた。

また道場とは別に庭先では新入りたちが小田平助の指導のもと、体を造り直す槍折れの稽古を続けていた。槍折れは今や、

「神保小路尚武館道場の名物」

になっていた。

尚武館道場の内外には、

「道場隆盛」
を示すかのように門弟や元門弟のほかに、「官営道場」ともいえる尚武館の具足開きを見物に来た幕閣や諸大名の重臣、大身旗本の隠居ら、剣術好きが集っていた。

尚武館の「身内」ともいえる弥助らは大勢の人々が出入りする門に立ち、具足開きが遺漏なく行われているか、見守っていた。

おこんをはじめ、付き合いの深い幾代、お有、早苗、おそめらも具足開きのあとに催される宴の手伝いに駆け付けて手伝っていた。

新年を、直心影流の発展を寿ぐ尚武館の具足開きだ。

弥助はなんとなく一抹の寂しさを胸に抱えていた。それは「娘」同然の霧子からこの数月、連絡が途絶えていたからだ。

弥助は、一月に一度は必ず文を寄越していた「娘」が近況を知らせてこないことを、

（もはや嫁に出した娘だ。文がないのは、亭主の重富利次郎と仲良く豊後関前の暮らしを楽しんでいる証だ）

と考えるようにしていた。一方で、

（ひょっとしたら、このわしに『孫』ができるか）

などと勝手な思いを巡らせてもいた。

槍折れの指導の合間に小田平助が弥助のもとへ歩み寄った。

「わしが弥助さんの胸のうちば当ててみせようか」

「小田様は八卦も見られるか」

「八卦も手相もいらんたい。弥助さんの頭には豊後関前の霧子さんのことしかなかろ」

「霧子を格別に案じているわけではありません」

「ならばだれのことやろか」

平助が応じていた。

平助の投げかけは格別弥助に答えを求めてはいなかった。

門弟衆の槍折れの稽古を、弥助と平助はしばし沈黙して見つめていた。

「関前藩でくさ、異変でも起こっとるとやろか」

ふうっ、と息を吐いた平助が弥助の横顔を見て呟くように尋ねた。

「異変、な。関前藩の内紛は昨年収まりました。国家老に中居半蔵様が就かれ、若い藩主の福坂俊次様を支えて睨みを利かせておられる。なんぞあれば江戸藩邸から知らせが入りましょう」

弥助が已に言い聞かせるように応じた。

二人の胸中には一抹の不安が横たわっていた。だが、互いにそのことを口にすることはなかった。

道場内の稽古の音が消えて、若手連中が『具足開き』の祝いの場を設える仕度を始めた。そこで平助も、

「こっちの稽古も終わりたい。足を洗うてくさ、手伝いない」

と新入りらに命じて、尚武館は、稽古から祝いの場へと変わった。

具足開きは武家方のいわば「正月」だ。

広い道場に四斗樽がいくつも据えられ、鏡餅が割られて、おこんらが雑煮を拵えた。

この具足開きを目的に集まる旧門弟衆もいて、賑やかに歓談が続いた。

「今年も宜しゅうご指導願います」

と挨拶して次第に門弟衆が尚武館から姿を消し、住み込み門弟衆や小梅村の道場の田丸輝信らだけになった。そして、速水左近ら先代道場主の剣友らは尚武館道場から母屋に場を移した。

道場主の坂崎磐音が現役の門弟衆に、

「本日はご苦労にござった」

と挨拶して母屋へ引き上げようとしたとき、豊後関前藩江戸藩邸物産所取締方に三月前に就いて、江戸入りしたばかりの米内作左衛門が尚武館道場に姿を見せた。米内はいったん国許の藩物産所の長を命じられたが、三月の間に事業の詳細を坂崎遼次郎に伝授して引き継ぎ、改めて江戸藩邸の物産所取締方に就いたのだ。

険しい顔だった。

その瞬間、磐音はその、

「訪問」

の理由を悟った。

「坂崎先生、関前藩の国家老中居半蔵様と重富利次郎どのより急ぎの書状が届いております。中居半蔵様が格別に船を仕立てられ、この書状が最前藩邸に届けられました」

と分厚い書状を懐から取り出そうとした。

「米内どの、母屋にて受領いたそう」

と願った磐音がその場にある松平辰平、神原辰之助らに目顔で母屋に引き上げることを告げた。

辰平は、母屋に向かいながら何事か話す磐音と米内作左衛門の背を不安な気持ちで眺めた。

半刻後、尚武館の後片付けをしていた辰平、輝信、辰之助らが母屋に呼ばれた。

「なんでございましょう」

辰之助が参勤上番（じょうばん）で福岡藩江戸藩邸に滞在する松平辰平に尋ねた。

「この御用、あれこれと詮索しとうはないが、関前藩に関わることではないやもしれぬ」

と辰平が推論し、辰之助と一緒に同じ敷地内に建つ母屋に向かった。

母屋の広座敷には、速水左近、両替商今津屋の老分（ろうぶん）番頭由蔵（よしぞう）、弥助、小田平助、それに珍しく神妙な顔をした竹村武左衛門（たけむらぶざえもん）、品川柳次郎（しながわりゅうじろう）ら、

「坂崎一家」

の男衆の姿がすでにあった。そして、最前道場に姿を見せた豊後関前藩の米内作左衛門もいた。

この家の主は仏間にあって、辰平と辰之助が姿を見せたのを察したか、

「お待たせ申しました」

と広座敷に姿を見せた。

その背後から緊張と不安に包まれたおこんと睦月の母子が入ってきた。そして、具足開きの手伝いに来ていた幾代、お有、早苗、秋世、おそめらの女衆も呼ばれて座に加わった。

だれの顔にも強い不安があった。

磐音の手には一通の書状があった。

座に就いた磐音が一同の顔をゆっくりと見回した。すべて心を通わせた「身内」だった。

「本日、関前藩から格別に仕立てられた船が佃島沖に到着いたしました。中居半蔵様と重富利次郎どのの書状が江戸藩邸経由で、米内どのによりこうして、それがしに届けられ申した。書状の内容から申し述べます」

磐音が気持ちを鎮めるように間を空けた。

「昨年夏、関前藩から武者修行に発った倅が薩摩の国境近くで落命してござる。その知らせにござった」

女たちの間から小さな悲鳴が洩れた。場に張りつめた恐怖が走った。そして、重苦しい沈黙が支配した。その場にある者たちはそれぞれが磐音の報告を受け止めきれずにいた。

「父上」

睦月が磐音に声を絞り出して呼びかけた。

「睦月、父がただ今より説明いたす」

睦月に磐音が優しい口調で言った。

「父上、睦月は聞きとうございませぬ」

と立ち上がりかけた睦月の手をとったおこんが、

「睦月、そなたは坂崎磐音の娘です。父の言葉がいかに非情なものであれ、しっかりと胸で受け止めねばなりません。それが一族の務めです」

と教え諭すように言った。

「磐音どの、念を押すまでもないことは承知じゃ。真のことでござろうな」

速水左近だった。

「国家老中居半蔵様が、江戸にある殿にお許しもなく藩の所有船を動かした事実からお察しくだされ」

磐音の返答に、

「なんと」

と洩らした速水左近も頷いた。

「弥助どの、頼みがございます。門前に一人、そなたの知り合いが参っておられます。こちらに案内してもらえませぬか」

と磐音が願った。

弥助が訝しがりながらも頷き、広座敷を出ていった。

だれも言葉を発しない。

長い時が流れたようにも一瞬の間であったようにも思えた。

弥助が伴ったのは、なんと霧子だった。その背後には、すでに目を真っ赤にした門番の季助(きすけ)の姿があった。

霧子は廊下に座すと一同に深々と頭を下げた。

霧子の顔には深い疲労と懊悩(おうのう)が刻まれていた。

「霧子、難儀をかけたな」

と磐音が優しく言葉をかけ、自らのかたわらに招いた。

霧子が頷くと、座敷に身を移し、まずおこんと視線を交わらせた。

「霧子さん、いつかはかような知らせが舞い込むと覚悟はしておりました。そのお役が霧子さんであったとは」

おこんの言い方は、すでに死を知った者の口調であった。

「ご一統様に申し上げます。わが倅が薩摩に向かったのは昨年夏のことにござった。その経緯はおよそご存じでござろう。向かった先が薩摩ゆえ、難儀することは覚悟のことでござった。霧子は、倅を弟のように可愛がってくれておりました。二人は姥捨の郷と深い関わりがござったでな。姉の霧子は、弟の身を案じてあとを追い申した。ゆえにわが倅の薩摩入国の苦闘の一部始終を、そしてその死を承知しておるのです。中居半蔵様は、書状のみならず重富霧子を江戸へ送るために早船を仕立ててくだされたのでござる」

磐音は、霧子が姿を見せた理由を語った。

「霧子、頼もう」

武者修行者の悲劇を話してくれと願った。

「磐音先生、おこん様、その前にお詫びをさせてくださいませ。武者修行を志す御仁が気がかりでならず、私は先生方の許しを得ることなく、また亭主の利次郎様に行き先も告げず、南に下りましてございます」

霧子が額を畳に擦りつけて二人に平伏した。

「霧子、そなた、倅に会う心積もりであったか」

「いえ、無事に薩摩入りするお姿を皆様に報告したくて勝手な真似をいたしました。ですが、会うつもりはまったくございませんでした」

霧子の言葉に迷いはなかった。

「霧子、面を上げて、まずは経緯を聞かせてくれぬか。詫びはその話次第だ」

「長い話になります」

霧子は、日向国飫肥藩領の牛ノ峠から若者が薩摩を望遠したこと、そして偶然にも矢立峠の山小屋で肥後人吉藩領宮原村の隠居した名主浄心寺新左衛門と娘こう、倅の次郎助ら三人と一夜をともにしたことがきっかけで、この三人が薩摩の国境を守ってきた外城衆徒あるいは山ん者と呼ばれる陰の者に惨殺された出来事を告げた。それを知った若者が、三人の仇を討たんと考えた推測なども交えて、昨年の夏から師走にかけて起こった若者の身辺の一部始終を語った。

だれもが息を呑んで霧子の話に聞き入った。

「宮原村当代名主浄心寺帯刀様の考えもあって、薩摩に入る方策を、峠越えではなく、肥後領内から日向、薩摩と蛇行しつつ流れる川内川に求められました。そのために白髪岳の山中の狗留孫神社前にそそり立つ石卒塔婆の頂きにて、三七二十一日の願掛け行を考えられたのです。薩摩と肥後の国境のこの狗留孫峡谷は、土地の人々に、『オクロソン・オクルソン様』と敬われる精霊の棲む領域にございます。ゆえに薩摩の外城衆徒も近付きません。願掛け行は高さ六十余尺の石の卒塔婆の上で行われ、見事結願の日を迎えました」

「さすがじゃ」

と速水左近が思わず洩らし、

「ああ、すまぬ。話の邪魔をしたな」

と霧子に詫びた。

「冷たい雨と雪が降る石卒塔婆の頂きで、薩摩の多勢の外城衆徒が結願した若武者に毒の塗られた矢を射掛け、さらに薩摩拵えの忍び刀を使って、襲いかかりました。その様子を、私と山案内をしてくれた猟師の光吉さんが近くの尾根道から見ておりました。石卒塔婆の上は、一畳半あるかないかの狭い場です。最後に檜葉の木から舞い降りてきた三人の外城衆徒をことごとく打ち倒したあと、わが『弟』は力尽き、眼下百余尺下の滝壺に落下していったのでございます」

霧子の話はいったん終わった。

一座を沈黙が支配した。長い沈黙であった。

磐音が重苦しい沈黙を破った。

「霧子、よう勝負を見届けてくれたな。わが倅が力を尽くした模様をわれらが知り得たのはそなたの行動があればこそだ。詫びる要などなにもない」

　磐音が最前の謝罪は無用だと霧子に告げた。

　頷いた霧子の視線が小田平助に向けられた。

「武者修行者は、ただ一本の六尺棒だけが得物にございました。小田平助様直伝の槍折れの技で死力を尽くして最後まで戦い抜かれました」

　その言葉を聞いた平助が、

「なんちゅうこつな。わしはどげん考えたらよかとな」

　と両眼を潤した。

「平助さんよ、そなたの弟子が薩摩の陰の者と死闘を繰り広げたのだ。弟子の見事な奮闘を大いに誇れ、それしかない」

　と答えたのは武左衛門であった。そして、おいおい、と声を上げて泣き出した。

「父上、霧子さんの話はまだ終わっておりません」

　武左衛門の長女の早苗が手拭いを武左衛門に渡した。ごしごしと涙を拭う武左衛門を見た霧子が、懐から木鞘の山刀を出して磐音の前に置いた。

「狗留孫神社裏の山小屋に残されていた持ち物の一つです」

「なに、倅は刀を所持していなかったのか」

磐音が尋ね返した。

「薩摩に入るためには身一つになる要があると考えられたらしく、人吉藩領の宮原村の名主様のところに、大小から武者修行に出た折りに身に着けられていたわずかな荷まですべてを預けて、狗留孫峡谷に入られたのです」

と霧子が答え、

「浄心寺帯刀様は、残された大小をいつなりとも関前藩に送ると申されておりました」

と言い添えた。

「倅は、身一つで薩摩入りを考えたか」

「はい」

と答えた霧子が、

「私も薩摩の国境を秋から冬にかけて彷徨(さまよ)いましたが、薩摩は異国に等しいお国柄にございます。身を捨てる覚悟は、あの国境に立った者でなければ分かりません」

と言った。

しばし沈黙が場を支配した。

突然、霧子が話を再開した。

「おこん様、薩摩の者たちが姿を消したあと、私と光吉さんは、滝壺にも下りてみました。あの滝壺に落ちた者は骸が浮かんでこないと、光吉さんに聞かされておりました。石卒塔婆の頂きから滝壺まで高さは百尺余ございます。その高さを転落したのです。底知れぬ滝壺の光景に鳥肌が立ちました。どうにも手の打ちようがございませんでした。私どもは、『オクロソン・オクルソン様』に霊を委ねて郷に下りてくるしか手はございませんでした」

霧子の話が終わった。

「霧子さん、有難う」

おこんが霧子のかたわらに膝行(いざ)り寄り、手を取って礼を述べた。

「私はなにをなしたのか、未だ判断がつきません。皆様方のお心を乱すだけの所業ではなかったかと、案じております」

霧子がおこんの手を握り返しながら応じた。

「霧子さん、私どもは倅の死をすでに承知しておりました」

えっ、という訝しげな声が睦月の口から洩れた。

「おまえ様」

おこんが磐音を見た。

「ご一統様、昨年末、薩摩藩の用人膳所五郎左衛門様が尚武館に見学に見えたのを覚えておられませぬか」

弥助らが黙って首肯した。

「島津齊宣様の御伝言は、わが倅と思える者が薩摩国境で落命したというものでござった。形見の品もなきゆえ半信半疑であったが、こうして霧子の執念のお蔭でわが倅の最期を知ることが叶うた」

「磐音どの、齊宣様はそなたの願いをお聞き届けにならなかったのか」

と質したのは速水左近だ。

当代の将軍徳川家斉の正室は島津重豪の娘茂姫だ。薩摩としても幕府を敵に回す不用は避けたいと思われた。だが、結末は、悲惨な結果に終わった。

「ご用人どのは、齊宣様の命が国境に届くのが遅すぎたと申されました」

しばし速水左近が沈思し、

「そう信じるしかほかに道はないか」

と呟いた。

「おい、坂崎磐音、おこんさん、冷たいではないか。わしらになぜ黙っておった」

涙を手拭いで拭った武左衛門が文句をつけた。

「武左衛門どの、われら、倅の死がはっきりするまで、いや、真はその死を信じとうなかったのです。だが、薩摩の知らせは事実であった」

おこんは仏間に向かうと燈明(とうみょう)を灯した。

「おまえ様、ここにおられるのは身内ばかりです。通夜をいたしませぬか」

おこんが努めて明るい口調で磐音に言った。

新年の具足開きが尚武館後継の通夜の席へと変わった。

「倅は、十七の春を待たずして逝きました」

おこんの声が淡々としていただけに、その場の者の胸に染みた。

本書は『空也十番勝負 青春篇　声なき蟬（上）』（二〇一七年一月　双葉文庫刊）に著者が加筆修正した「決定版」です。

編集協力　澤島優子
地図制作　木村弥世

声なき蟬 上
空也十番勝負（一）決定版

定価はカバーに表示してあります

2021年8月10日　第1刷

著　者　佐伯泰英
発行者　花田朋子
発行所　株式会社 文藝春秋

東京都千代田区紀尾井町3-23　〒102-8008
TEL 03・3265・1211㈹
文藝春秋ホームページ　http://www.bunshun.co.jp

落丁、乱丁本は、お手数ですが小社製作部宛お送り下さい。送料小社負担でお取替致します。

印刷製本・凸版印刷
Printed in Japan
ISBN978-4-16-791731-9